留在身边的是

日月的辉光、山河的明净、

星辰的澄澈、草木的安详，

是无尽的绿、

无尽的蓝、无尽的温情……

SHAN
SHUI
YI
HEN

山水一痕

高昌 著

江西教育出版社

·南昌·

赣版权登字-02-2025-065

图书在版编目（CIP）数据

山水一痕 / 高昌著. -- 南昌 : 江西教育出版社,
2025. 6. -- ISBN 978-7-5705-4778-4

Ⅰ. I267.1

中国国家版本馆CIP数据核字第2025LX2177号

山水一痕
SHANSHUI YI HEN

高 昌 著

江西教育出版社出版
（南昌市学府大道299号　邮编：330038）

出 品 人：熊　炽
责任编辑：余双月
封面设计：赵抒濛
封面插图：明奇奇
版式设计：卢　乐

各地新华书店经销
江西千叶彩印有限公司印刷
787毫米×1092毫米　　32开　　10.25印张　　117千字
2025年6月第1版　　2025年6月第1次印刷

ISBN 978-7-5705-4778-4
定价：48.00元

赣教版图书如有印装质量问题，请向我社调换　电话：0791-86710427
总编室电话：0791-86705643　　编辑部电话：0791-86705903
投稿邮箱：JXJYCBS@163.com　　网址：http://www.jxeph.com

目　录

第一辑　风景

1

第二辑　心情

第三辑　体验

第一辑

风景

滕王阁风景

到了南昌，有十万八千个理由来登滕王阁。

跨过千山万水，穿越千古光阴，风尘仆仆地赶到这里来，只为了追寻语文课本上那个多年的梦想，为了梦想里那份沉浸式的迤逦遐思。不然，心里总觉得是个遗憾。

滕王阁矗立在赣江边上，临观之美，心旷神怡。那一望无际的蓬勃风景，很容易让人联想起赣菜的"辣"。

赣菜辣得很直接，很斩钉截铁。不像川菜辣得那么妩媚，也不像湘菜辣得那么委婉，那么回味悠长。而滕王阁的风景，恰似这爽快的个性，不用什么曲径过渡，不用什么花树遮掩，只要一抬眼，就干脆是辽阔的水，悠远的山，出岫的云。

朋友们似乎很替我遗憾，说是来早了。如果晚来些时，再赶上个晴朗的傍晚，就可以欣赏到王勃笔下"落霞与孤鹜齐飞，秋水共长天一色"的壮丽景色了。可是，能够看到这些靓丽的阳光在苍茫的江水上热烈地舞蹈，能够看到那一片片朴素的渔舟在迤逦的遐思中织出的明亮含蓄的波纹，不也是一种难得的诗意吗？远望是烟波浩渺，近观是碧水荡漾。水远山长，刚柔相济。清人撰联"我辈复登临，目极湖山千里而外；奇文共欣赏，人在水天一色之中"，道的也正是眼前景色。浩荡江河行大地，依然风雨共名山。一登上高阁，视野就开阔起来，胸中满蕴的激情就狂奔起来。

热情的风儿们，在身边吟诵着一些爱情的甜

蜜诗词。可这诗词还没有收住尾巴，大面积的阳光就呼啦啦奔涌而来，急行军一样扑面而来，像是一个超级金色方阵，秩序井然地正步前行，瞬间就让这一方水土热闹和喧腾了。到处是升腾的光雾，闪射出一片片迷离的倩影，或紫气腾腾，或金光闪闪。那盛装的灿烂的赣水，那慢慢四散的薄薄的云岚，飘洒着弥漫开来，在阳光的映射下，和青碧的梦想一起飘扬在天地间，似乎也在熠熠生辉……

太阳照在滕王阁上，慷慨地铺开灿烂的热情。对面的江水很自然地就绚丽起来，丰富起来。天光云影，晴波激滟，留下一溜儿一溜儿浪漫的浪花。朵朵白帆，慵懒地躺在江面上，展现出各种各样的美好的姿态。远处慢慢散步的白云，悠然地在大江上踩出一行行彩虹般的足印。隐隐约约地从那云缝里看见一两只飞鸟，于烟水苍茫处优雅地飞翔，那起舞的姿势，像专业的民族舞演员一样，让我的心不时为之悸动。而那舞台之大，背景之远，还有那翅膀之轻盈妖媚，就都留在我的左心房后面的一个小格子里，被小心收藏起来了。

素负盛名的碧水与长天，映照着暖暖的阳光，让人无比眷恋。一江耀眼的亮丽色彩，仿佛含情女子的美丽秋波一样动人心弦。那一片片被阳光照耀的波浪，也显得格外妖娆妩媚，缠绵温馨……

我喜欢滕王阁，虽是初次造访，却仿佛早是旧时相识。那山水胜迹，渔歌帆影，落霞孤鹜，令我陶然心醉，缱绻难忘。一步步接近天上的蔚蓝，便也一步步接近绚烂。伴随着攀登的脚步，天似乎都有欲坠的感觉了。远处的八一大桥的吊索，酷似翕动着的飞鱼的翅翼，在那划破时空的飞翔里，我的心灵已经不知不觉地感悟了千百年的沧桑。

屈指算来，滕王阁前，走过了多少光阴。物换星移，留下了几多感叹。王勃来过，白居易来过，杜牧来过，王安石来过，朱熹也来过。一代又一代的文人墨客，数不胜数，经历了各自的风景，留下了各自的歌吟，然后下楼去，走向了历史的烟尘。今天登上滕王阁，不会踏到先人的脚印上了。因为这里几经兴废，我们看到的不再是古人眼里的风景了。滕王阁，修而又毁，毁而又建，达二十八次之多。阁中序播千秋，江上帆收万里。从感情上来讲，我也希望保留下那旧日亭阁，毕竟记录着沧桑，见证着历史。可是，经过今人的智慧和劳动，而今的滕王阁带给我们的，仍然是这么美好的风景和这么美好的心情，这不也很好吗？琉璃彩瓦，依然金碧辉煌；王权富贵，终究受到冷落。神奇的土地却永远在等待着有缘人的到来，又等待着有情人的故事发生！

新阁的主阁高七层，画栋雕梁，飞檐斗拱，

像常见的亭台楼阁一样富丽。只是王勃的塑像看起来好像成了神的样子，气宇轩昂，少了些潇洒风流的飘逸。如今早已不再是王勃的时代，但是王勃的才情仍然在滕王阁前自由地奔涌，他的逸兴也依然在滕王阁上纷飞。他留下的目光，就如他的文字那样，悠悠地洒在了脚下这浩荡江波中了。

我比较喜欢滕王阁的三层和五层，因为可以走到廊檐外面，自由地看风景。八面来风，四顾云天，是登临观赏的佳地。凭栏俯望，便有浩浩江水、点点渔帆、片片洲渚生动了你的视野。尤其让我难忘的，是三层的四幅巨型金字匾额，东为"江山入座"，西为"水天空霁"，南为"栋宿浦云"，北为"朝来爽气"。历经数百年的日晒雨淋、风霜剥蚀，这些金匾依然还是那样气定神闲，泰然自若。而倚在五楼放目远眺，看那如烟如带的西山，看那风飞浪卷的南浦，看那上下飞腾的彩云和鸥鹭，会不自觉地忽略掉时光在身边飞逝的脚步，轻轻进入久远的沉思和历史的冥想，潜意识地把自己融入这良辰美景之中。

"层峦耸翠，上出重霄；飞阁流丹，下临无地。"一千多年过去了，王勃站在滕王阁上的那次抒情，永远让人怀念。站在阳光灿烂的滕王阁上，想象着王勃的锦心绣口，忍不住也会有握笔为文的冲动。美丽的景色不仅给人美的享受，也给人无穷的灵思。尽管有王勃恢宏地立在昨天的滕王阁上，今日登临，我仍然有万千的感触想要表达出来。我想，我尽可以在温和的阳光轻抚下，带着满腹诗情，从容潇洒地拿出笔来，写属于自己的大块文章，写属于当代的文采风流。

历史的车轮，碾碎了多少玉砌雕栏、珠帘旧梦！沧桑是不断变幻的，而物华天宝和人杰地灵却是永恒的。古人已远，山水依然，被光阴消磨了千余年的风景，愈发显示出那份特有的生动和醇香。今日到此一游，结下更多的，是对滕王阁的深深情缘。

漓江水，悠悠流

漓江的水，真清，真美，真纯啊。

船在水面行走，就像在碧绿碧绿的玻璃上边滑动。漓江水，悠悠流。百里画廊，徐徐铺展，一重又一重的惊喜扑面而来，赏心悦目，神清气爽。任是各个角度反复端详，总也看不够。

漓江不仅美丽，而且动人。漓江有两处风景最让我流连，这两处也是游赏漓江时最经典的打卡地。

一处是"九马画山"。仿佛山水轻轻一转身，这幅百米见方的巨大画壁就昂然站过来，直上直下，如砍如削。赭色、黄色、绿色、白色……好几种颜色斑驳陈列，形成浓浓淡淡的马形图案，或卧或立，或奔或啸，隐现于石壁间。这些马共有多少匹？自古以来就有很多有趣的传说，也是个非常考眼力的老问题。据说看出七匹就能中榜眼，看出九匹就能做状元郎。有一位清代诗人看出九匹之后一高兴，随口留下一首名诗："自古山如画，如今画似山。马图呈九首，奇物在人间。"不过很遗憾，我眼力实在不济，左看右看，才刚刚找出来三匹，船头就已经转向而去了，只好遥遥地向九马挥挥手，做一个告别，然后默默地自我安慰一番。

漓江还有一处更加让人眼热心烫的风景，名叫"黄布倒影"。清澈的江水在这一段流程中格外透明透亮，连那些快乐遨游的小鱼也都历历可数。透过碧绿水面，清晰可见一块几丈长的金色石板，就像刘三姐放在水中浣洗的巨大黄布，静静地平铺在松软的水底，为此地博得一个"黄布滩"的质朴地名。不过临观之美，不只是神奇秀丽的石头"黄布"，还要加上元宝山、朝板山等沿岸山峰的奇秀风光，更要加上倒映水面的美丽而神秘的山影。当然，如果再加上渔翁的小舟和舟头端坐的鸬鹚，就更为生动和温馨了。青山浮翠，白云漫卷，玉影婆娑，镜面晶莹——如此的梦里水乡，端的就是人间仙境了。

现行的20元人民币的背面图，采用的就是"黄布倒影"的旖旎山水。游船特意找好最佳视角，在这里的一湾金色沙滩上停了下来，让我们尽情观赏这天地奇秀，品味这山水之美。此时可以和一位等在此地的头戴青箬笠、身着绿蓑衣的老渔翁合影，也可以借了他的装束假扮成撒网、钓鱼的样子来拍照，还可以肩挑着老渔翁的鸬鹚们摄几张影作为留念。恍惚中，仿佛自己真的飘然而起，轻轻飞进20元人民币上的著名图画里，也驾着一叶小舟，去向五湖四海的朋友们，一一展示漓江的各种美好。

导游告诉我，江边的山都是典型的喀斯特地貌，这种高深而枯燥的地质知识，我也弄不太明白，更是记不大住。不过重新开船的时候，我站在船头沉醉旖旎风光，四望浪漫云水，倒是忽然想起清人易顺鼎的两句诗："四山云似饭初熟，一路滩如花乱开。"这是我很喜欢的一联对仗句，表达的也正是舟行漓江时的奇妙感受。

唐代诗人韩愈形容桂林山水是"江作青罗带，山如碧玉篸（古通'簪'）"。这是流传很广的一联名句，"青罗带"的字面意思是青色的绫罗制成的飘带，"碧玉篸"的字面意思是碧玉做成的簪子。这两句诗借助两个比喻，准确描绘了漓江风景的无限美好，元气浑成，色彩明丽，经常被人引用。当代诗人邓拓从中引申出一句"青罗带绕千山梦，碧玉簪系万缕丝"，也很有名。这两句同样是暗用韩愈的美丽比喻，是用"青罗带"比喻水，用"碧玉簪"比喻山，畅抒了自己对漓江的特别眷恋和浓郁深情。韩愈捕捉到的两个青绿意象十分鲜明，也符合漓江的地形地貌，所以不胫而走，几乎成了宣传漓江和桂林的广告词。代代相传，口口相授，大家对此实在是太熟悉了。

那么，后人可不可以把表现漓江的诗句再写得更别致一些呢？当代诗人贺敬之在新诗中是这样写的："情一样深啊，梦一样美，如情似梦漓江的水。"这同样还是用了比喻的写法，而且也是像邓拓那样，用看不见的情和梦来比喻现实中看得见的绿水，写得空灵飘逸，非常潇洒。

漓江可真是催诗的好地方啊！千百年来，多少骚人墨客在此陶醉，又留下了多少佳篇美什啊！随便在这美丽的地方走上一走，古往今来的许多名句就如泉水般很自然地涌上心头。我忽然想起的易顺鼎的这两句诗，也是他乘船在漓江看风景时写下的所闻所见。当时他吟诗一首，其中两句就是"四山云似饭初熟，一路滩如花乱开"。这两句写得确实很漂亮：白云在青山周围蒸腾漫卷，沐浴着阳光，确实像是刚刚蒸熟的米饭；一路上美丽的江滩就像花一样自然怒放，各有各的美好。上句的画面感很丰满，下句的画面感则很悠长，空出了审美联想的足够空间和淡远韵致。著一"熟"字，营造出了热感；著一"乱"字，营造出了动态；著一"饭"字，营造出了情致；著一"花"字，营造出了美感。"饭初熟"写出了暖融融，"花乱开"写出了美滋滋。"初"字写其鲜，"乱"字写其绚。动态的云彩有一种特别的静态美，静态的江滩也有了一种特别的动态美。

易顺鼎把这首漓江诗稿随手题写在友人的扇面上，时间久了自己也就忘记了。几十年之后，他在京都遇见一个名叫庄思缄的广西粉丝，忽然向他背诵这两句诗，夸奖怎么怎么好。易顺鼎这才想起这确实是自己的作品，于是就问庄思缄是在什么地方见到的，对方说是在某人扇子上见到过，只是全诗记不起来了。幸得庄思缄的背诵，才保留下这一联珍贵的诗句。而这一联诗在经历过时间考验之后还能被人记住，不仅因为幸运，也得力于美丽漓江的深厚滋养。

读了万卷书，行了万里路，那绿水青山，终归是人心所向、人心所爱、人心所归。青山是绿水的气象，绿水是青山的灵魂。如此美好的绿水青山，得到桂林当地的特别珍视和保护。清理住家船、关停鱼餐馆、改造漓江上洲岛、整治乱占乱用、拆除乱设网箱、完成滩岸复绿、修建防洪堤坝、增殖放流鱼苗……一系列的"组合拳"，各种各样的硬措施，为漓江之美添加了保护层和防护墙。敬畏自然，顺应自然，保护自然，才能共同绘制出美好的今天和明天啊。

徘徊在如梦的烟雨，穿梭于俊俏的山影，凝

视变幻的浮云，沉醉锦绣的时光，我反复品味易顺鼎的"四山云似饭初熟，一路滩如花乱开"，多有会心之乐。只可惜其是断句残章，略存遗憾。于是我不揣浅陋，在江舟上试着补成两首七律，作为这次漓江行的一份特别纪念。诗曰：

青带碧簪任剪裁，高名都让古人抬。
四山云似饭初熟，一路滩如花乱开。
落日舟头仍有我，春风江上岂无才。
伏波叠彩多情句，负手纷纷比翼来。

漓江代代踏歌来，好景婆娑画境裁。
但觉愚心从水浣，恍疑象鼻为舟抬。
四山云似饭初熟，一路滩如花乱开。
饱览奇瑰诗略减，省些吟料待雄才。

未名湖边走一走

阳春时节，繁花盛开，北京大学的校园里，随处都是美丽的风景。未名湖光美丽，博雅塔影清幽，春水荡漾，绿柳婆娑，令人流连忘返。

在明媚的日子里去看未名湖，水面上慵懒地趴着的层层的阳光，翻动着金色的一层层的花瓣，变化着各种迷人的温暖的表情。那条条光影斑驳的小路，那一对对轻声曼笑的情侣，那些暖暖的手掌一样抚摸着人们的清风，让我有了一种诗的感觉……这诗里起承转合着阳光和梦，飘荡着岁月的久远的沉香……还有美，还有爱，还有柔情，还有弦歌，还有快乐的青春和美好的憧憬……

　　未名湖是一首透明透亮的小诗。小，却隽永迷人，有着无法计量的厚重、无法描述的清幽、无法言传的深邃。当年给这湖水起名字的钱穆先生真是高人一筹，"未名"二字，确道尽了种种难以名状的绝妙和佳境。这首小诗，需要慧眼来识，亦需慧心来悟。这湖光塔影只是未名湖景的容貌之美，它的热烈的性格和奔放的激情，它的精深的学魂和壮怀激越的精神气韵，则在这湖光塔影之外的五湖四海弥漫着，氤氲着，燃烧和闪烁着。

　　几座小石桥散淡地卧于湖水之上。西南有竹林掩映的临湖轩，南岸和西岸有起伏的翠绿的小山，山上长满了松柏桑竹。湖畔亭亭玉立的博雅塔，远远看去就好像有两座，一座轻轻地铺在水里，一座静静地站在岸边。水里的塔在山上，山上的塔在水里，也在梦里，也在数不清的美丽的诗歌和散文里。有动也有静，美不胜收。那美不是凝滞的图画和摄影，而是流动着的意境，带给人一种说不出来的感动。

真的不知道要说什么，只是随意地把自己的好心情铺开在未名湖的湖波之上，暖暖地晒晒太阳，就已经很浪漫很开心了。这透明的情境朴而不素，婉而不媚，雅而不矫，多么美好和丰富啊。

不论从哪个角度看，未名湖的湖岸仿佛都是"V"字形的，但实际上，它却是椭圆的。湖水是那么清浅，婀娜的垂柳倒映在湖底，认真地梳理着一条条绿色的小辫子，个个都是乖乖女的模样。慈禧太后留下来的那艘沉重的石舫，度过了多少春夏秋冬，看过了多少沧桑变化，如今还依恋在这静静的一湾清水里，不曾扬帆远航。绿树成荫的连绵小山，疏密有致的驳岸垂柳，粼粼的波光，端庄典雅的石桥，再加上婉约的鸟鸣和自在的鱼影，都是那样自然地拨动起青春的心弦，唤起许多美好的记忆……未名湖中有一个舌头形状的小小半岛，名唤"枫岛"。岛上有葱郁的树和千奇百怪的石头，有八角亭，有北大百年校庆纪念碑。这小岛顶端的湖水之中，有一尊来自圆明园的大鱼石雕，腾波鼓浪，翘尾张口，栩栩如生。这便是"未名胜景"之一的"翻尾石鱼"。有一年湖水浅淡，我曾经仔细观瞧过其完整的雕塑之美。如今湖水上涨，这石鱼已经大半隐于湖波之下了。说到这翻尾石鱼的来历，自然会想到圆明园那些沧桑往事。而这未名湖自身的命运变幻，不也是跌宕起伏、百转千折吗？

未名湖一带在圆明园鼎盛的那个时代，属于淑春园的一部分，据说归乾隆的宠臣和珅所有。他借修圆明园的机会，在此大肆营建，一共建造楼台64座、游廊亭阁357间、房宇上千，极尽奢侈。和珅被查抄之后，淑春园又几易其主。后来或被洋人劫火焚烧，或被军阀霸占，或被愚人侵凌变卖……渐渐地沦落不堪，只有石舫和一些古树等旧物留存下来。到了20世纪20年代，燕京大学买下这块地方作为校址。在设计修建校园之时，对未名湖一带的旧景观进行了整理，并增设了一些新的内容，逐渐构置成了今天的景观格局。所以说，未名湖的历史比较久远，至少可以上溯到康乾盛世。而与之相比，另一处著名景观博雅塔的资历就稍浅了一些。据说民国十三年（1924），燕京大学打出来一口深水井，水源丰沛，水质清澈，于是就以通州的燃灯塔为蓝本建造水塔。这个水塔一共13层，里边有一个螺旋形状的楼梯可以直通塔顶。只是塔门常关，不知什么时候能让人享受登临之幸。驻足遐思，倘若有缘亲身走进塔身，拾级而上，直冲塔顶，畅览燕园美景，远眺西山秀色，将是何等令人神往之境啊。

飞絮蒙蒙，晴丝袅袅。未名湖水清澈、碧澄，博雅宝塔庄重、深幽。"湖光塔影"一动一静，一柔一刚，相映成趣，百看不厌。湖光塔影，是明丽的风景，更是一个充满寓意而又耐人寻味的美好象征。今天是桃李芬芳，明日是参天栋梁。莘莘学子从江南塞北来到菁菁校园，在未名湖边留下琅琅书声和翠绿梦想，又从这里出发奔赴天涯海角，带着激情和热爱去采撷灿烂的诗篇和金黄的硕果。未名湖面积不过数顷、周长不过许里，却包容了多少历史细节的风波与韵致，滋润着多少风云人物的花晨与月夕！走在骀荡春风中，我的耳畔响起了"先贤们"的呐喊，听到了那些青春飞扬的足音。我好像看见了一个个晶莹美丽、生气蓬勃的灵魂，拥抱着时代风云，回应着苍生冷暖，荡漾着深沉的天光云影……此时有人在朗读那首著名的《燕园情》："红楼飞雪，一时英杰，先哲曾书写，爱国进步民主科学。忆昔长别，阳关千叠，狂歌曾竞夜，收拾山河待百年约……燕园情，千千结，问少年心事，眼底未名水，胸中黄河月。"此时还有人唱那首校园老民谣《未名湖是个海洋》："……未名湖是个海洋／诗人都藏在水底／灵魂们都是一条鱼／也会从水面跃起……"我知道，未名湖不仅仅是风景，更是一颗澄澈透明的眸子，深情地看着历史，更含情脉脉地瞩望着未来。

未名湖边走一走，许多深情心上流。世界蓦然变得很宽广，心灵也好像瞬间变得很通透。此时有一声清亮的鸟鸣掠过我的耳畔，悠然而去。我仿佛看见历史老人在未名湖的湖面上转了一个弯儿，便又从容地继续那漫漫行程……而光阴在这湖面上打了一个滚儿，接着记叙那些潋滟水光和空蒙云影，还有那些历久弥新的记忆和悲喜……我注意到，未名湖畔的小草都很有个性，它们坚持着自己的翠绿，全都不肯开花给我看，但我还是在岸边的小径上捕捉到许多只属于自己的激情和思考。

抬抬头，透过婆娑的柳叶去看悠远的瓦蓝的天空，许多飞翔的想象和沉郁的唏嘘，就都成了清澈透明的长歌……

湘湖啊，绿水青山何其美

人们说钱塘江就像一条龙，西湖和湘湖就像这条龙的两只眼睛。这一对隔江相望的明眸顾盼生辉，秋波流转，秀丽迷人。不过相比而言，位居市区的西湖名气更大，平日也更热闹，而僻居萧山的湘湖则清幽和冷寂了些。其实这两个湖的水域面积差不多，湘湖的水量则是西湖的四倍，因为湘湖比西湖深了许多，据说最深处能达三十多米，其波旋浪卷之际的水光天色，也就比清浅的西湖更多了一份隽永和深沉。

我来湘湖之时恰逢雨天，烟雨蒙蒙中观赏朦胧湖影，别有一番温润韵致。湘湖是葫芦形的，中间被长桥隔为一大一小两个椭圆，分称上湘湖和下湘湖。画船从"葫芦尖儿"的位置进入湖区，徐徐滑行在琉璃般的玉镜上。清澄的湖水慢悠悠地铺开千顷青碧，细腻的水波在静静的湖面上泛出粼粼的花纹，把所有的情思都融化在这湿润清莹的氛围里，心胸变得一片澄明。

等画船从一座玲珑的石桥迅即折进水波荡漾的上湘湖，接着就有一岸青山扑面而来。山间飘浮着柔软的岚气，恰像是一排白须白发的神秘仙人闲坐在湖边垂钓。万千雨丝从天空垂落，欣欣然钓起满湖的雀跃柔情。此时看那绿水，倒映着、环抱着、簇拥着青葱山影，仿佛有无数美丽的形容词在其中战栗着、摇漾着，触动着诗人心底最温柔的那些情结。

船过南河桥，眼前忽然飞来一大片云彩般的金黄花朵。这些花朵的名字就叫"一枝黄"。开得散淡，名字也清雅。隔着烟水虽然闻不见花香，但我的心却仿佛已沉醉在那芬芳花海中。此时有一只莽撞的云鸥，拍动着轻盈的翅膀，从船头掠过，把我们的目光牵引向远处的青绿岛湾。那岛湾隐在花木葱茏间，据说是天鹅迁徙的栖居地。遗憾的是时间不对，我们没有见到天鹅，只看见白鹭漫步、野鸭嬉游，好一处清静的温馨所在啊。

　　左手一指就是越王城山，春秋时期的越王勾践曾经在这里演绎过卧薪尝胆、馈鱼退敌等历史大戏。右手一指就是一览亭和先照寺，倘若清晨在那里观赏日出，云蒸霞蔚，满湖绯红，将是怎样一种鲜亮瑰丽的恢宏气韵呢？容不得多想，画船就已经迅疾地为我们移步换景了。绿水青山间的这一次翩然行旅，仿佛是在览阅着历史烟云，穿越着苍茫光阴。李白、王昌龄、陆游、苏洵、文天祥、倪瓒、刘伯温等诗文大咖都在这里留下锦绣篇章。悠然漫溯而来的那些流年悲欢和沧桑幽思，都伴随着跃动的水波和水草游鱼一起摇曳着，经过这绵绵丝雨的轻轻点击而被悄然激活了。

再往前行，就看到横穿湖面的跨湖桥了。这座桥是明代礼部官员孙学思在嘉靖三十三年（1554）建造的。从最大的桥洞穿过去，就进入激动人心的下湘湖了。澄波浮动，绿涛浩瀚，苍茫云水把围湖而立的群山遥遥推开成为一痕远黛，我的胸襟也不由为之一扩，豁然开朗。

还未及抒情呢，湘湖的友人又告诉我一个令人惊叹的事实：这附近坐落着一座有着水上水下双重展览空间的"跨湖桥遗址博物馆"，水上部分接待游客，水下部分则珍藏着历史的宝藏——一叶距今约8000年的独木舟。这是2002年考古发掘的新发现，也是馆里的镇馆之宝。谁料想桂桨兰桡的轻轻拨动，撩起的竟是8000多年的浩荡乡愁啊。心扉瞬间就被迎面而来的清风吹开，万千思绪横无际涯、浩浩汤汤地在绿水青山间自由飞扬了起来。

年过八旬的唐代诗人贺知章回归萧山故里，在湘湖一带写下著名的《回乡偶书》。其中"春风不改旧时波"的一句感喟，牵动起后人数也数不清的共鸣和共情。不过湘湖实际成形于宋代，与唐代的水文地貌是迥异的。宋朝龙图阁学士杨时带领民众筑土为塘，裁江蓄水，首先在这里建成一个人工水库，泽溉周围九乡的十几万亩良田，这才是湘湖的最早雏形。杨龙图留下过"程门立雪"的历史故事，还在湘湖留下了"为官一任，造福一方"的感人佳话。明代文学家袁宏道也曾游览湘湖，并以"湘湖"为题写过小品文。遗憾的是他游湖时赶上渔人盗泄湖水，湖面变得非常狭窄，只划行了几里游程就调转船头返回了。想起袁先生留下的失望和怅惘，再对比今日湘湖的绿水青山，我们比袁宏道可真是幸运太多了。

湘湖从建湖之始就陷入"保湖"和"废湖"

的纷繁争议。经历过约九个世纪的保废相争，湘湖的湖面越来越萎缩，一湖清碧几近湮灭。直到2003年，沉睡在历史深处的湘湖才扑闪着眼睑重新蜕变，在绿水青山的蓝图上绘出点睛一笔。经过久久为功的综合治理和生态修复，古典里的风景才从梦想重新变成现实，一篇写在大地上的美丽童话也重新生动和鲜活了起来。

临别湘湖时，雨已经不知不觉地停了。烟柳画桥的湘湖，一见倾心的湘湖，又是另外一种低调的惊艳。依依回眸之际，我的心中留下了如许明净而素朴的美好回忆。有一种厚重叫湘湖，有一种态度叫湘湖。锦绣湖山，天开奇景，灵气荡漾，神韵奔涌。108座桥梁衔接着历史，接引着未来，把今天的湘湖串连成一幅徐徐铺展的瑰丽画卷，清纯温柔，风姿绰约，生趣盎然。如此青山如此水，好山好水何其美！

北戴河的"尽头"

与同事一起去北戴河旅游，借住的招待所离金山嘴浴场很近。走大约两分钟的路，就能看到美丽的蔚蓝色的大海了。

北戴河我来过多次，但金山嘴是第一次来。跟鸽子窝、老虎石等北戴河的著名景点相比，金山嘴的知名度并不高，但它那美丽和神秘的风光，却深深地拨动了我的心弦。

金山嘴是联峰山的余脉，位于北戴河的最东端，被称为北戴河的"尽头"。这里是一个伸入大海之中的鸟嘴形的高岗岬角，东南西三面环海，常年保持一级大气质量，沙质比较好，坡度也比较平缓，就像镶嵌在北戴河海滨的一颗明珠，闪烁着诱人的光辉。

说到联峰山，那也是一处奇异的所在。它不是像篮球明星那样的威猛高大，倒是有点像体操明星那样的结实灵巧。联峰山的最高处海拔仅有150多米，虽不能以雄伟险峻引人入胜，却别有一番温煦平和，淡定从容。无论谁来攀登联峰山，都不必大汗淋漓，气喘吁吁，而只需一路徐行，慢慢品味，不知不觉间就可以登上这海滨奇峰，领略"海到无边天作岸，山登绝顶我为峰"的境界。联峰山顶建有望海亭。登亭向东南方向远眺，金山嘴海滨的秀丽风光尽收眼底……

啊，金山嘴！

传说这里多次出现过海市蜃楼的奇景，明嘉靖年间兵部尚书翟鹏作诗描述："山头隐隐见楼台，万状千形顷刻开。出入人踪离汉远，淡淡树影倚云栽。宫高星斗檐前挂，帘卷霓虹局外堆。

闲去登临消半日，浑如身世上蓬莱。"从诗中来看，那传说中的景象应该是非常壮观和激动人心的吧？不过，那令人神往的海市毕竟可望而不可得，我这来去匆匆的短暂的行程里，也没有那非分之想，不敢奢望真的随意一瞥就能看到那难得的海市胜景。仅仅是看一看这清澄的烟波，亲近一下那温柔的浪花，就已够我回家之后反复回味与思念的了。

这里的海水可真蓝啊，一头扑进那蔚蓝的柔情里，心里充盈的就都是暖洋洋的诗和歌了。多么令人动情的蓝绸子一样的大海啊。前几次来北戴河，海滨浴场里的海水都是混浊的、灰白色的，没有金山嘴这份特有的蔚蓝和清澄。躺在这蓝绸子的柔软怀抱里，仿佛又回到了童年，回到了梦幻和童话的世界。仿佛自己也成了阳光下的一朵快乐的光脚丫的浪花，露出一排排洁白的牙齿，傻傻地傻傻地笑啊笑啊，笑着在沙滩上没完没了地打着滚撒欢儿……

这里有被称为北戴河"天涯海角"的南天门和钓鱼台。南天门在一片烟波浩茫的沧海深处，是海钓的好去处，不过听说已经被人承包成海上渔场了，因为离海岸边还有些距离，所以我没有专门去寻访。而那长长的钓鱼台，则在36号楼不远的地方，一抬脚就吸引着我不停地向前走。虽然我没有带钓鱼的工具，也不大精通此道，但看人家轻甩长竿，悠闲垂钓，也一样让我兴致勃勃，流连忘返。

所谓钓鱼台，其实是伸向大海的一个水泥平台，远看像是金山嘴海滩伸出的一个健美结实的长长的臂膀，轻轻地挽着苍茫大海的万顷波涛。浪花在钓鱼台两侧翻涌着，我的心也在这浪花中穿梭跳跃着。我看到那些热衷海钓的朋友们的小桶里，收获并不是很多。有的是一两条小鱼，有的是一两只小蟹，但他们心中那份喜悦和快乐，我已经确切地感觉到了，也快乐地分享到了。

同来的同事们有的去吃海鲜，有的去市内游览，还有的租来双人自行车漫游北戴河的街头，我则独自徐行，零距离地认识了金山嘴，这已经让我很满足，很有成就感了。在金山嘴的海水里泡一泡，在金山嘴的沙滩上晒晒太阳，已经让我感觉非常惬意和快活了。

回到北京，金山嘴的那份蓝和净，仍在我的心中温柔地荡漾着。到图书馆去查金山嘴的资料，忽然又引发我心里那份酸不溜丢的思古幽情：原来秦始皇当年东巡碣石，曾经在这里筑过行宫哩。

秦始皇行宫遗址在北戴河海滨金山嘴路东横山上。1986年，为配合基建工程，河北省文物研究所在这里进行了发掘，揭露出秦代房屋基址两座，秦皇行宫揭开神秘的面纱。这一发现被列为当时的全国十大考古新发现之一。据说遗址出土文物丰富，有菱纹、饕餮纹、卷云纹、双云纹等瓦当，有菱纹格空心砖，有麻面大板瓦、陶井、陶盆……以后若有机会重游金山嘴，真该去踏访一番这秦皇遗迹呢。想象那2000多年的光阴在身边轰轰驰过，感受那统一六国、雄视群雄的豪气英风，该是何等的苍凉和雄壮啊。

1898年，经北洋大臣委派津海关道李岷琛、候选道王修植、开平矿务局总办周学熙等勘定，清政府正式划定戴河以东至金山嘴沿海向内三里及往东北至秦皇岛对面为避暑区，准中外人士杂居。屈指算来，距今也有120多年的历史了。一脉青山，山光隐隐；一汪碧水，水声悠悠。金山嘴的蓝天白云、碧海金沙，都已经深深地留在了我的心灵深处。倾听那流传千古的故事，回味那余韵无穷的篇章。金山嘴就像是一本留在心灵深处的亲切厚重的书，让我在今后的岁月里反复品读，反复品读……总也读不够。

赛汗塔拉：一万亩美丽

在敕勒川，在阴山下，当然更在我心中，有一片非常温馨、非常亲切的大草原，就是占地一万亩的包头赛汗塔拉大草原。现在这个季节，那里应该是一片色彩和芬芳的澎湃海洋了吧？

包头市可真大啊。有机会去那里访问，才知道这座"姓包"的城市，胸襟原来可以如此博大——可以包容钢铁大街、呼得木林大街、建设街、团结大街那种超出想象力的宽阔，包容一条欢快奔腾的昆都仑河那汪洋恣肆的野性，还可以敞开巨大的怀抱，包容这一万亩美丽的赛汗塔拉大草原。

"赛汗塔拉"是蒙古语，意思是"美丽的草原"。一万亩美丽，安静地生长于一个著名的现代城市的聊天记录里。代表人间烟火的意味深长，代表无话不说的自然絮语，代表山水情怀的含蓄深幽，代表人文记忆的单纯明净。这是一种不用翻译的世间美好，既可以意会，也可以言传。从不同的方向切入，就有不同的亮丽风采。

赛汗塔拉位于包头市正中央，可说是名副其实的城市"绿肺"。这里充满人间气息，一点儿也不寂寞偏僻，不必像某些边远景点那样靠出售荒凉来做噱头。这里到处都是香喷喷的空气，美滋滋的花草……各种美好的想象，都融入四周高楼大厦之间的烟火氛围里了。仿佛那些矗立的楼厦也是这草原上的树木，是在大草原上自然而然生长出来似的。到了赛汗塔拉，日子就变得格外温馨，心胸也变得辽阔了起来。连周围路过的时光，仿佛也洋溢着羊肉烧烤、羊杂割和羊肉涮锅的腾腾热气和浓浓暖香。

赛汗塔拉给我太多惊喜。我印象中的大草原，好像应该是一望无际、荒无人烟，偶尔点缀几个蒙古包的。但是实在没有想到，在包头的城市中心，居然也可以感受到这么真切的草原风情。诗词歌赋中的桃花源，其实不在古文的空想里，而是就在我们的脚下，在我们身边的赛汗塔拉啊。随着那些骑车锻炼的自行车队，随着那些手拿哈达朝拜的人群，随着那些拿着玩具的小孩子们，我慢慢前行。仿佛我们都是这草原上的绿色浪花，一起呼吸春风，一起沐浴阳光雨露，一起返回纯天然的生命状态。看，我的大脑袋戴着银色线帽，仿佛就是一颗晶莹的硕大的露水珠啊……

除了天然草滩，赛汗塔拉还特意保留了林间绿地，小叶杨树、柳树、柽柳……这些老实巴交的树木们格外被看重，其间奔跑的小鼠、小兔、小鹿，仿佛是赛汗塔拉的小心思，温柔又傲娇，还带点小泼皮、小无赖色彩，在翠绿的大地上写下一行行活泼的生动标点。我们不时可以看到大小不一的蒙古包，像彩色的蘑菇散落在绿浪花海中，让我更深切地感叹和吟诵：草原是心中的诗，诗是心中的草原。

赛汗塔拉的地标是一座高大的巴音宝力格敖包。鲜艳的风旗在敖包周围热情地飘扬，仿佛热烈的手臂在召唤着远方来客。这座巍峨的敖包由三层圆形石台层叠而起，第一层石台周围围满蓝白两色哈达，第三层石台上面则是一丛茂密的高大茅草。茅草中间矗立着一个巨大幡杆，杆顶是方天画戟形状的三支金叉，中间最长的金叉上装饰着神秘的金色花纹，可惜我因为近视，看不清上面的纹理细节。我随着人流，沿着高高的台阶，一步步走近它，心里陡然生出一种莫名的敬畏。我也随着人流，沿着从左至右的方向，绕着敖包漫步。虽然不懂当地的神秘风俗，但还是在心中默念着"福来！福来！福来！"，虔诚而热切地许下一些美丽的小愿望。

敖包是蒙古语，其实就是"堆子"的意思，也有译成"脑包""鄂博"的，著名的白云鄂博其实就是白云敖包的意思。敖包原来是草原上的道路、境界标志，一般建在山顶或丘陵之上，形状多为圆锥形。后来敖包又添加了"神在其位"的美好寓意，逐渐演变成祭神和祈福的象征。各种美好向往，各种幸福祈盼，使朴实的敖包风景有了不俗的深刻内涵。而有了内涵，也才有了这么多的诗性思维和诗性感觉。我仰望高大的巴音宝力格敖包，感受到包容天地、笑看沧桑的大格局，感受到坦荡率真的阔襟抱，感受到看淡风云、大开大合的真性情，感受到不带任何矫饰虚假的洞达和超脱，也感受到在天地之间尽情铺展、表露无遗的深厚情谊。

虽然王安石说"非常之观，常在于险远"，但其实在城市中心的赛汗塔拉，比险远处的风景更多了一份亲切和温暖。赛汗塔拉交友广泛，点赞者众。无论走到哪里，都让人忘不了它那明净豁达的翠绿微笑。这一万亩美丽虽然不是险远之处的"非常之观"，却依然留给我一大片茂盛的思念和怀想。我爱蒙古长调悠扬婉转的倾诉，爱那圣洁的哈达，爱那质朴温馨的勒勒车，爱那让我望而生畏的迎客的马奶酒。那芳醇和甘冽伴着热烈滚烫的酒歌，醉得我真想变成一团赛汗塔拉的泥土，再也不离开这芳草碧连天的辽阔和浪漫……想想看，头顶是蓝蓝的广阔天空，脚下是金色的辽阔大地，身边是奔放的自由的风和豪迈的纯洁歌声——多么美丽又浪漫的好所在啊。仿佛扬鞭一啸，就可以雄姿英发地千里奔驰，远远甩开身后万丈红尘的所有羁绊……

很多人喜欢阿拉腾奥勒谱写的一首老歌，叫

《美丽的草原我的家》。阿拉腾奥勒的汉名是包金山，他刚从天津音乐学院毕业的时候，曾经在我老家的河北省束鹿县（今辛集市）京剧团工作。我做木匠的爷爷长期在京剧团打布景，我跟着爷爷去玩儿，经常见到包金山，所以我每逢听到他创作的这首《美丽的草原我的家》，心里总是有着一种极其特别的亲近感。不过这首歌在我们冀中平原上唱，是没有什么特别味道的。只有到赛汗塔拉来唱，来听，才能感受到那种特别的嘹亮、特别的苍凉、特别的深情和特别的心弦颤动。"美丽的草原我的家，风吹绿草遍地花。彩蝶纷飞百鸟儿唱，一弯碧水映晚霞……"触景生情，想不动感情都难啊。

赛汗塔拉草原周围环绕着包头的5个著名城区。城市不断成长，城区不断扩大，当地政府和人民却坚持守护这一万亩美丽，还专门订立了赛汗塔拉城中草原的保护条例，任何人不得侵占、买卖、转让、租赁或者破坏城中草原保护区的绿地。浓郁的民族特色、美丽的草原记忆、开放的现代城市文明、浪漫的原生态之美，各种元素有机连接，水乳交融，实现了人与自然的和谐共生。如丝绸般飘逸的四道清澈沙河，蜿蜒而来，蜿蜒而去。牛、马、骆驼、羊在这里自由漫步，让人想起包头博物馆里收藏的那些古老岩画上的放牧场景，让人悠然而生返璞归真的烂漫遐想。活泼的野兔，调皮的山鸡，狡黠的獾子和狐狸，灵巧的跳跳鼠，忙忙碌碌的布谷、百灵、山雀、喜鹊，是这一万亩美丽之间的各种可爱生灵。蓝天白云，巍巍阴山，肥美水草，怒放鲜花，真是美上加美，美不胜收。一万亩的赛汗塔拉，歌声仿佛也是绿色的。赛汗塔拉就像一面绿色的旗帜，指引着梦想的方向。

内蒙古的诗人、《内蒙古日报》原总编辑贾学义告诉我："内蒙古的万亩草场太多了，但是像包头市城中的万亩草场还不多见。包头市是重工业基地，包钢是中华人民共和国成立之初156个重点建设项目之一。环境污染严重成为包头市的心腹之患。这些年来，在国家和内蒙古自治区以及包头市的努力下，环境污染得到了有效遏制，天蓝了，水绿了，云白了，赛汗塔拉万亩草场应运而生了。须知这是在几百万人口的较大城市中央出现的一万亩美丽，这就非比寻常。"的确，包头城中的赛汗塔拉草场，浓墨重彩展现的正是人与自然和谐共生的美好生态，是"绿水青山就是金山银山"的发展理念，也是古老敕勒川的一幅生动鲜明的锦绣画卷啊。

我不是草原人，但是也爱大声歌唱："美丽的草原我的家……"因为我唱起这首歌，就想起包头的友人，想起赛汗塔拉数也数不清的美丽，想起那隽永如诗的哲思和深情、那蓬勃的绿色的爱、那种特别的关于美丽的联想……

行思西双湖

有一年，我有缘去江苏省东海县采风。东海，名字中虽然有个海字，辖区却实实在在没有一点大海的影子。不过这里并不缺水，因为还有一个著名的西双湖。当地的友人说："到我们东海来，如果不看西双湖，肯定会留下很多遗憾。"于是，带上一大堆的期待，我们去访问西双湖。

西双湖在东海县城西，其实是相邻的一南一北两个小湖，就像一双明亮的清眸，闪烁着水晶般澄澈的光芒。有了这双清眸，东海的山水就有了生气，大地就有了表情，日月也就越发有了光彩。

分开两个小湖的，是一条气象非凡的十七

孔桥。坦平而旷阔的桥面一路铺展向远方，让人可以把自己的情感也任意铺展过去，不用担心拥堵，也不用担心碰撞。晃晃悠悠地走在桥面上，就像走在一条壮美绚丽的彩虹上一样，仿佛每一寸皮肤都能发出七彩的光芒，仿佛自己就是一朵云，正在美丽的仙境中徐徐飘动着。虹桥的栏杆上，雕刻着各种姿态的石狮子，有的憨态可掬，有的目光凶猛，有的满脸喜色，有的不怒自威……不知道是什么样的工匠巧手，将粗糙生硬的石头雕刻出如许生趣盎然的美丽景观。

桥顶驻足，留恋的是大桥两边的湖水，清浅而温柔。青蓝的天空倒映在上面，把湖水也染成了美丽的青蓝色。鳞片一样的云朵，一头扑进这片青蓝的梦境一般的湖水里，变成一条条大鱼，以一种极其曼妙的姿势自由地游动着，就如穿梭在蓝水晶里一样美丽动人。从桥上望北湖，有一个翁翁郁郁的小渚，据说上面栽着160个品种、

180万株百合。试想花开时节，缤纷的花朵照映在湖水里，清新的花香弥漫在湖面上，该是一种多么迷人的情致啊。从桥上望南湖，湖心有两个人工建造的太极图形状的花岛，盘绕在一起的阴阳鱼，静中有动，韵味十足，让人逸兴大发，哲思飞扬。偶尔几只野鸭，驮着几翅暖阳起落于湖面，突然就把我的视线从静思中唤起，然后温柔地牵向烟波浩渺的淡蓝色的远岸……

流连忘返之际，友人朗声吟了几句自作诗："转瞬山村易旧容，小城无处不春风。琼楼远接白云外，玉带长环翠柳中。闻道双湖风景地，能通四海水晶宫……"随后，便兴致勃勃地引我下桥，沿着青石湖岸相携而行，去看著名的西双湖诗廊。诗廊是葡萄架一样的木结构的高架子，架子两边挂满了喜庆的红灯笼，中间则悬着一帧帧当地诗人创作的吟咏西双湖的作品，有绝句，有律诗，也有《浣溪沙》等精短小令……一路尽兴读来，俱清丽亲切，应时应景，令人愉悦。

穿过诗廊，就来到了天光阁，阁内阁外，种满了荷花。可惜来得晚了，已经是遍地枯荷。一个个黄圆的叶子，依然排得颇为气派，就像小旗子挑在水面上，告诉我许多关于花朵的想象。忽然就想起朱自清先生《荷塘月色》中的妙句："叶子出水很高，像亭亭的舞女的裙。层层的叶子中间，零星地点缀着些白花……微风过处，送来缕缕清香，仿佛远处高楼上渺茫的歌声似的。"这时，我的心里有一道嫣红的闪电，迅捷地震颤了一下，就翩然传递到前贤的美妙文字里边去了。荷花不见，而心底莲荷，依然摇曳多姿。朱自清就是在东海县出生的。他在《荷塘月色》的最后一段中说："今晚若有采莲人，这儿的莲花也算得'过人头'了；只不见一些流水的影子，是不行的。这令我到底惦着江南了。"朱先生惦着的江南，当然也含着这东海的多情山水。倘若重回此地，他大概还会写下关于西双湖清荷的更多美妙文字吧？这样想着，心里就有一片翠绿的丰硕叶子，哗哗地鼓着掌摇荡起来。

其实天光阁并不是古建，而是一些新盖的建筑。西双湖上的十七孔桥看样子也是如此。远处的晶塔是典型的现代造型，而塔前的水晶仙子铜雕，同样看不出多少岁月的沧桑。这么美丽的西双湖，到处都是现代的感觉，为什么看不到一点古色古香的东西呢？对此，友人自豪地说道："我们的西双湖，本来就是人工湖啊。"闻其言，我非常惊讶。

原来，总面积达8.1平方千米的西双湖，竟然是东海人民20世纪50年代，凭着一镐一锹，拼着热血热汗，一点点艰难开挖出来的。为了见证历史，友人带我向湖的南岸折去……

沿湖大堤，美而坚固。两岸的菩提树，高大的树冠耸入云霄。它们摇曳着一片片金黄的叶子，飞舞在清风之中，煞是美观。友人说，东海的百姓把这条大堤称作"朱公堤"。朱公，指的是当年带领大家治水的老县长朱群。这条大堤，就是老县长和大家一起修筑的，堤上的菩提树也是他和大家一起手植的。如今巨干参天，枝繁叶茂，翠绿的年轮里，记载着多少悲欢年华，守护过多少美好和甜蜜啊！

打开手机，当即查出了一些史料：东海治水，自上古就留下许多血泪故事。距西双湖不远，有一座羽山，高仅100米左右，却在《史记》《山海经》《禹贡》等古籍中留下大名——"羽山殛鲧"的悲壮故事，流传至今。鲧奉命治水，堵截无功，被祝融持剑殛杀于羽山。诗人屈原留下了"行婞直而不豫兮，鲧功用而不就"的千古浩叹。此地治水之难，于斯可见一斑。中华人民共和国成立初期，东海仍为水患所苦，民谣有"旱时白茫茫，涝时水汪汪"的悲吟。老县长朱群带领东海人民分割圈圩，建站抽排，蓄山水，截坡水，引外水，排余水，几经努力，才终于驯服水龙王。此后又经过一代代人接力赛跑般的奋斗，水害悠然成为水利，工程翩然成为风景。平地出新湖，双镜照东海，那明净的湖水，不正是奋斗者的舒心笑容吗？

治水当然不是一人之功。东海的百姓把这条大堤称作朱公堤，其实也是为了对以朱群为代表的历代为民造福者表达一种由衷的敬意。为官一任，造福一方。昔人虽已逝，大堤今安然。西双湖的风景留给我许多美好印象，然而踏上归程之时，我发现留在心里最深沉、最难忘的风景，却是这条由百姓的口碑命名的朱公堤，是朱公堤上飘扬着的那些金黄色的、发自百姓内心的绵绵敬仰和深情。

回京后不久，突然听到当时接待我们采风的友人因病逝世的消息，心里无限惋惜。从此想起东海，心里总觉得有了一种格外特别的牵挂和怀念。每逢清明时节，这种牵挂和怀念就变得更加沉重。西双湖水深千尺，恰似友人待我情。岁月远去，而我永远难忘友人这份淳朴的情谊，而对他连声称赞的朱公堤，也很自然地增加了更多的敬意和钦佩。

走在朱公堤，我曾经暗暗寻找过老县长和他带领的治水队伍留下的脚印。这些脚印当然早已隐没于岁月风雨，但是那些奋斗过、奋斗着的人所留下的足迹，依然像一行行貌似平凡却不凡的、凝固的、悲壮的、不可磨灭的诗行，在朱公堤上熠熠生辉，在我的心头永远滚烫……

颐和晴雨

乾隆皇帝诗曰："何处燕山最畅情，无双风月属昆明。"平时去颐和园，对这两句诗没什么感觉。有一回遇到了蒙蒙细雨，对昆明湖的印象，才突然深刻起来。

远方远远的，春雷扇动着翅膀，似远又近，似近又远，从云深处飞来，从湖面上滚过，最后一个鱼跃，扎到跳跃着的湖水中去了。烟雾迷漫处，解人意的雨珠似一抹轻纱飘来飘去，轻轻地笼罩了湖畔秀美的万寿山。

昆明湖的面积，占了颐和园的四分之三。万寿山就像一只展翅欲飞的大蝙蝠，衔哺着好像一只大寿桃形状的昆明湖，寓形隐意，万福万寿。在这细雨飘拂之际，万寿山的倒影又似乎更像一条青黛色的蛟龙，在宽阔的湖面回旋腾跃，天上有仙云袅袅，地下有仙乐飘飘！

1927年6月2日，大学者王国维先生在这里投水而死。今天面对着清澈的湖水，我的眼前忽然出现了老先生的憔悴面容和瘦弱身影。长眠在这么美的一片湖水里，对老先生而言，或许也果真是得其所在了罢？若现在是月夜，是一个满月朗照的透明之夜，来到这里看水，一定更是美到不能言。老先生干干净净的灵魂，浴着这么美的清水，吟诗作赋也好，把酒长歌也罢，该是多么逍遥而飘逸的风景啊……联翩思绪之中，雨渐渐停了，彩虹架起天桥，和湖上的石桥比美。灿烂阳光之中，万寿山南麓的排云殿建筑群，那一片金黄色琉璃瓦顶，在郁郁葱葱的松柏簇拥下，溢彩流光，真正是金碧辉煌的皇家景色。

我是从颐和园的东宫门进来的，宫门内外南北对称建有值房及六部九卿的朝房。由宫门进入仁寿门，是清朝的帝后们处理政务的仁寿殿。仁寿殿往西北走，有慈禧太后看戏用的德和园大戏楼，再往西数十米，有慈禧太后的寝殿乐寿堂。当年在这颐和园里叱咤风云的慈禧太后和光绪皇帝等大人物们，如今正在大大小小的荧屏上热闹着，但也只是在荧屏上热闹罢了。这些大人物们的旧荣华，我不太感兴趣，所以未及细看，就匆匆离开了。轰轰烈烈的帝王将相，人间的一停驻，也只是时光老人的一弹指、一凝眸而已。无论如何绮丽繁华，均只是一现昙花，就如同转瞬即逝的昆明湖水上的波浪一样缥缈、一样仓促。

颐和园据传是慈禧挪用巨额海军军费修建的。翁同龢在日记中讽刺道："盖以昆明湖易渤海，万寿山换滦阳也。""渤海"指北洋水师的主要防区，"滦阳"是承德的别称，意指修建类似避暑山庄一样的行宫别馆，作为慈禧颐养天年之地。这里见证了中国近代诸多重大历史事件。1900年，八国联军侵入北京，颐和园惨遭洗劫，1902年又进行了重修，1924年，颐和园辟为对外开放公园。1961年，颐和园被公布为第一批全国重点文物保护单位。1998年，颐和园被联合国教科文组织列入《世界遗产名录》。园中有景点建筑物百余座、大小院落20余处，古建筑3000余间，还有古树名木1600余株。其中佛香阁、长廊、石舫、苏州街、十七孔桥、谐趣园、大戏台等都已成为家喻户晓的代表性标识，并被游客们当作网红打卡胜地。

沿着云辉玉宇牌楼，向万寿山爬去。这条路的景致非常好，令人留恋。在精巧的山路上，绿叶轻拂着我的衣襟，迎面吹着悠悠的清风，夹着野花的清香。心头回荡着流年的古老跫音，耳边响着数不清的啼尽苦乐忧欢的鸦儿雀儿，周围环绕着阅尽千古沧桑的苍松古柏……回望碧青的湖水，波上由风吹起一弧一弧的皱纹，就如一篇又一篇五线谱，散漫的游船点缀其间，如同音符在跳荡着。

顺着排云门、二宫门、排云殿、德辉殿、佛香阁，再仰望山巅的智慧海，重廊复殿，气宇轩昂。在此远眺，西堤犹如一条翠绿的飘带一样，蜿蜒曲折，似真似幻。堤上的六座桥梁，巧夺天工，各具风姿。浩渺烟波中，秀丽的十七孔桥更是偃月苍龙一般，枕在水波上做着那些圆圆的大梦。青色的拱门，恰恰笼罩在那彩霞灿灿的倒影之中。底下有碧绿的水，潜游着素橘的红色，像燕掠般在水面上轻盈地穿插着，真有妙不可言之趣。南湖岛、藻鉴堂、治镜阁三座岛屿鼎足而立，真个似神话传说中的"海上仙山"。各种殿、堂、楼、阁、廊、亭等精致的建筑，疏星一样撒在万寿山周围，而山脚下那条长达728米的长廊，犹如一根红线，把各种各样的珍珠般的建筑以及青山、碧波，匠心独具地连缀在一起，项链一样。

万寿山北麓，别是一种风光。花木扶疏，松柏蔽日。山脚下，清澈的湖水随山形地势汇成一条舒缓宁静的河流，引着一路诗情，蜿蜒而去。在河的中游可以看见模拟江南水肆建造的万寿买卖街铺面房，漾着浓郁的市井气息和人间烟火味道。水尽处，可以看到如琴如瑟的淙淙溪流，躲到谐趣园里去了。因了刚才的细雨的滋润，这水声听着就像一个系着小铃的小鹿儿，在园子里捉迷藏般欢快地奔跑着，清亮亮特别好听。

我望望云彩中的太阳，依然含着羞涩，露着半面犹犹豫豫地望着我们微笑。我也想写一首关于阳光和雨点的诗了。之所以迟迟没有动笔，是因为我的梦魂，依然徜徉在那佛香阁里——金丝镶边的感慨、棉麻质地的叹息、粉色软缎般的赞赏、白色真丝般的迷恋，像是刚从往事里走出来的一样。

飞机上看云

　　第一次乘飞机，拣了一个靠窗的位子。一朵朵疾驰的云彩，就像一匹匹神采飞扬的烈马，从舷窗旁奔腾而过。鬐鬣迎风，玉蹄踏雪，仿佛听得见那嘚嘚哒哒的急促步伐，还有那奔放无羁的呼啸和嘶鸣。我的心，也跟随着它们的队伍在蓝天上驰骋起来。那么澎湃汹涌的一种激动，不是身临其境，确实难以想象。

　　过去，在大地上看云，就像看着一叶叶缥缈的仙槎。高高的，远远的，在我们的头顶飘来飘去。那时候就经常猜：云彩上面是怎样的呢？等到飞机的仙槎忽悠一下子起飞，我才发现，原来千奇百怪的云彩上面，也只是千奇百怪的云彩罢了。晴空如歌，阳光如韵，蓝天蓝得就像最纯最纯的柔情。忍不住想向蓝天送过去一个热吻，舷窗玻璃却碰疼了我的鼻尖。

飞机的铁翅拨开一团一团的云絮，稳稳地向着前方飞行。躲在这只矫健的大鸟的羽翼下，我感觉自己突然变成了一位骑着大鹅的顽童，轻轻地、悄悄地飞进了一个温馨而又神秘的童话世界。

飞机穿过云彩，仿佛一匹天马展开它宽阔的羽翼，遨游在仙境。小精灵们，那些活泼的云朵，围绕着天马跳跃舞蹈，渴望与这位天空的旅者玩耍嬉戏。可惜天马的心中是远方的呼唤，它的目的地在星辰彼端，只能振翅高飞，甩下一缕缕温柔的不舍，袅袅的，悠悠的，久久不绝。

戴在群山头顶的云帽子，笨拙而又可爱；飘在平原上的那些高蹈的闲云，就像散淡的世外高人，深沉而又玄妙。还有一些云朵就像淘气的小猴，不时伸出顽皮的小手，来捂我们的眼睛。还有一些云朵就像时髦的少男少女，飘着五颜六色的头发，手舞足蹈，扬长而去。

偶尔也能看见几朵静静的云彩，它们的静不是老僧入定似的那种枯寂的静，而是另外一种生趣和活泼。我把它们看成一个个天真的胖娃娃，在蓝天的大床上甜甜地午睡。为了享受甜蜜的梦境，即使来了陌生的人间远客，也不肯睁开紧闭着的大眼睛。

过去非常喜欢的一句歌词就是"月亮在白莲花般的云朵里穿行"，以为美极了。但云朵的那种美只是静态的美。而今从飞机的舷窗往远处看，那一朵朵白莲花一样的云朵，映着淡粉色的美丽阳光乘风起舞，另有一番壮丽风姿。接天"莲叶"无穷秀，映日"荷花"别样柔。那种动感的、跃跃欲试的魅力是陌生的，但又是如此的宕魄驰魂，美不胜收。

　　我默默在心里叨念着：飞机呀，你慢些走慢些走，我要把这天堂里的美景看个够看个够。但是，两个小时的航程，似乎很快就过去了。在仙槎上美美地看了一路云彩，我们的脚最后还是落在了这深沉而真实的大地上。

沧桑雉堞

北京火车站正后方，有一个北京旅游图册上查不到的明城墙遗址公园。不是这座公园不值得逛，而是因为它原来掩藏在棚户和危房之中，21世纪初才开始被当作老北京的重要景观，重新找了回来。作为旅游景点来说，它还很年轻。

长约1000米的青灰色城墙，在数百棵古树和广阔的绿草地的拱围下，从崇文门三角地向东，沿崇文门东大街静静蜿蜒，直到二环路口。它的最东端连着明代都城硕果仅存的最后一座角楼——东便门角楼。从城墙这边走到那边，慢慢地踱，细细地赏，也不过30来分钟的时间。可是，从明朝看到如今，数一数岁月的脚步，却又如此漫长——几百年的时光啊。一部线装的光阴的故事，晾在古城墙上，已经发黄。

当清晨的微风亲吻着含苞待放的花瓣的时候，当小鸟浴着阳光梳理着那些美妙的骊歌的时候，当清澈的露珠把浪漫的诗情点缀得晶莹剔透的时候，不要去冒昧地阅读这段古城墙。只是在晚霞的翅膀驮来的残阳的映照下，在于谦和袁崇焕的金戈铁马回旋在耳畔的时候，或是鼓角铮鸣在迷离的月色里重起惊雷的时候，才适合去默读这卷阳刚的豪放派的文言体的美文，我想。

古城墙披着轻纱一般的柔曼的白雾，在风的手指的细心雕琢下，已被塑造为一座流动的雕塑，成为历史记忆里的灿烂的光芒。震撼人心的壮烈，热血沸腾的呐喊，在这光芒闪现的刹那，谱写下了永恒的壮丽诗篇。任凭时光的冲刷，它不朽的雄姿永在我们心底燃烧。

　　许多风雨故事都是想象中的，传说中的，史籍中的，而这些城砖，却是坚实的，厚重的，真切的。大部分城墙，都退隐到了时光的背面，然后静静地消失了，只剩下现在这么一小段，孤零零地站在路边，坚持着，也寂寞着。这里即使小到一块城砖的制造工艺（取土之后，要九翻九晒，三年方成，目的是去其霸性），据说都可以上升到传统文化的高度去认识。凭吊古城墙，凭吊一段历史，此中滋味，一言难尽。老北京的基本格局是南北贯通，如今却渐变为东西打开。变化产生于中华人民共和国成立之初。先拆除了天安门前的三座门，再把长安街从东西方向打通。近年，北京又开通了平安大街。北京的城市布局有了很大的改变。

　　明城墙呈独特的"凸"字形，最辉煌的时候长达74里，城门、瓮城、箭楼和角楼有47座。以后历经变迁，这个拱卫北京的宏伟建筑，到今天已经七七八八地几乎被拆光了，仅剩下正阳门城楼、德胜门箭楼和东南角楼（俗称东便门角楼）等三座城楼，以及零散地分布于西便门和东便门平房区的几道城墙。西便门城墙在1988年曾经整修过，东便门这边的两三段旧城墙，可以说是北京城剩下的最原汁原味的明代旧城墙了。

明城墙遗址公园，就是在这些最后的城墙的基础上复建起来的，那些连缀旧墙的新墙的外层，也都是用征集来的旧城砖堆砌起来的。细心的话，还能发现上面镌刻的"嘉靖""万历"等字样。这里大面积保留了残垣断壁的原状，其中一个景点就叫"残垣漫步"。七歪八扭、时断时续的旧城墙，坑坑洼洼爬满了杂草，走着走着，墙头还会不时地冒出几棵小树。漫步这残垣，我甚至觉得，从这里唤起的穿透时空的共鸣，或许能够寻觅到来自久远岁月中的回声。这段古墙，仿佛幻化为了一位白发苍苍的老人，眼含留恋的

热泪，挥手向昨天告别，然后步履蹒跚地继续走
向明天。

来到明城墙遗址公园，不能不登上角楼去看
一看。这座角楼也是全国现存的规模较大、保存
较完整的城垣角楼建筑之一。在城下看，它雄伟
而险峻，台基高约10米，楼高近20米，外平面
呈曲尺形。楼体四侧开着四层箭窗，一共144个，
内侧的主楼各伸出两个抱厦。楼内有20根金柱支
撑，上下共有四层，里面空间广阔。整座角楼占
地面积约800平方米，是中国古代城防建筑的一
个标准范本，已被列入全国重点文物保护单位。

阅读这段明城墙，如读一篇耐人寻味的好散
文，有曲折，有悬念，有白描，有华彩，平而不
平，淡而不淡，形散神不散，令人久久难忘。

在金色的树叶缓缓告别瘦硬的褐色枝干，翩
翩地飘回大地的思念里的时候，在残阳下忽然发
现手边的诗卷沾染了淡紫色的忧郁的时候，在长

久地攀援和寻找之后的吃力的喘息和沉重的呼唤之中，登上老北京这段风雨剥蚀的灰色城墙，我还用再千万次地问什么是沧桑吗？

告别古城墙回来，心底留下了一串滚烫的音符。古城墙化作我家客厅里的一幅工笔重彩的中国画，让我时时回忆起许多激情燃烧的岁月……

长城就像一匹骏马

长城就像一匹骏马，从嘉峪关脱缰而来，踩着千山万水，披着遍身彩云，昂首欢鸣，呼啸而去。那悲壮的历史，那屈辱的陈迹，那塞上的风雪，那关外的离愁……一座座屏藩要塞，烽台烟墩，统统甩在身后，成为记忆和传说。康有为有诗云"鞭石千峰上云汉，连天万里压幽并。东穷碧海群山立，西带黄河落日明"，想一想，那是何等的昂扬气概和潇洒风姿啊。

我不愿意把长城比作一条巨龙，因为龙是超现实的，也就是说龙的矫健是想象出来的，是不真实的。我更不同意把长城比作一条缰绳，说它束缚住了我们民族的灵魂。我愿把长城看成一匹从两千多年前和千万里外奔驰过来的脱缰的骏马。这骏马奔进重重叠叠的燕山山脉，顺着那连绵不断、起伏不已的山势，一路高歌，直冲过来。在北京地区留下的足迹，就是八达岭、居庸关、慕田峪、司马台、水关……看朝阳从山岭间的长城上一跃而起，挂在郁郁葱葱的树梢上，真是壮丽极了。

那是一个普通的北方盛夏的早晨。

阳光热情地照耀着箭垛间的五色旌旗，山风轻轻地抚摸着我那飘扬的乱发，湛蓝的天空飞翔着几朵淡淡的白云。我周边的一切仿佛都流动起来了，生动起来了。在长城上攀登，是意气风发的，是豪情满怀的。沿着长城走下去，越过了整修一新的台阶之后，还有好长一段残长城要走。吸引我的，正是踩着那些历史的碎片奋力向前攀登的与众不同的感觉。

为什么喜欢这种寂寞的攀登呢？

我不知道我将怎样回答这个普通的问题。随着脚步在长城上不断地延伸，我心里的敬畏之情也在逐渐加重。我感悟着它所留下的沧桑，也感悟着它带来的震撼。我所感悟到的东西又总是那么的丰富：时而沉重，时而轻松，时而悲怆，时而激越……

当我骑在长城的鬃毛翻飞的雕鞍上，跃上某一个山头，遥望万山丛中那来路的缥缈和曲折，心里总是很激动。仿佛稍稍松了松缰绳，长城就滋溜一下子从我的胯下奔了开去，沿着起伏的山脊一路猛冲。那就是我所热爱着的长城。它的奔腾是绝不肯稍稍停顿的。尽管前方曲曲折折、起起伏伏，它永远是奔跑的姿势，它的目标和方向永远都是向前的。

因为想要口占一首小诗，我远远地落在同行者的后面，而诗情，早已插上翅膀，飞向了蓝天。

每次从长城回来，都能收获一大沓诗稿。每次从长城回来，心中都很快又升起对它的向往与渴望，渴望着再次用心去感受，渴望着再次用心去攀登。每次从长城回来，我都会落下一种"病症"，一种难以用针石医治的对长城的思念。这种思念有个朴素而又直接的名字，就叫"长城情结"。

正是这种情结，延伸着我对长城的热爱和祝福。

重走浙东唐诗之路

　　浙江萧山友人朱超范邀我重走浙东唐诗之路，这真是一次神往已久的浪漫之旅。

　　浙东唐诗之路，有学者认为是从萧山渔浦出发，沿钱塘江至越州（今绍兴），从镜湖往南由曹娥江至剡溪，过嵊州、新昌至天台山，再由温州顺瓯江回溯钱塘江。一路上穿越越州、明州（今宁波）、台州、温州、处州（今丽水）、婺州（今金华）、衢州，好山好水，奇景奇境，令人陶然沉醉。诗和远方，文化和旅游，人文和地理，在这里熠熠生辉，各美其美，并臻其妙。卢照邻、骆宾王、李白、杜甫、白居易、元稹、李绅、罗隐……众多诗人徜徉其间，留下了美妙的诗行。而今日寻访渔浦，首先想到的是出生在越州永兴（今浙江萧山）的诗人贺知章，那两首《回乡偶书》真是太温暖了：

其一

少小离家老大回，乡音无改鬓毛衰。

儿童相见不相识，笑问客从何处来。

其二

离别家乡岁月多，近来人事半消磨。

惟有门前镜湖水，春风不改旧时波。

这两首诗，写在贺老先生年逾八旬归乡之际，也为浙东唐诗之路留下无尽的亲切追思和缠绵情愫。在唐诗之路上，贺老不是过客，而是这里的主人。穿越时光隧道，仿佛还能看到鹤发飘然的老先生拄着拐杖，笑意盈盈地招呼着来自古今的天涯行旅："欢迎到唐诗之路来！"

诗人们喜欢走水路。孟浩然的《早发渔浦潭》，就是一个生动写照：

> 东旭早光茫，渚禽已惊聒。
> 卧闻渔浦口，桡声暗相拨。
> 日出气象分，始知江路阔。
> 美人常晏起，照影弄流沫。
> 饮水畏猿惊，祭鱼时见獭。
> 舟行自无闷，况值晴景豁。

早晨的渔浦清幽恬淡，开启了一段美好的风光记忆。诗人徐夤轻轻地说一声"我走了"，深情地留下来一首诗：

> 轻帆数点千峰碧，水接云山四望遥。

晴日海霞红霭霭，晓天江树绿迢迢。

清波石眼泉当槛，小径松门寺对桥。

明月钓舟渔浦远，倾山雪浪暗随潮。

说是一首诗，其实是两首诗，因为这首诗还可以倒过来再读一遍：

潮随暗浪雪山倾，远浦渔舟钓月明。

桥对寺门松径小，槛当泉眼石波清。

迢迢绿树江天晓，霭霭红霞海日晴。

遥望四山云接水，碧峰千点数帆轻。

一首诗变两首诗，简练生动的文字，娓娓道出心中的美好印象。此后沿着运河和曹娥江，就可以来到古越州也就是绍兴了。一路风光之美，再次播撒万千诗行。请看王昌龄《送欧阳会稽之任》："……逶迤回溪趣，猿啸飞鸟行。万室霹朝雨，千峰迎夕阳。辉辉远洲映，暖暖澄湖光。"再请看李白的《越中秋怀》："越水绕碧山，周回数千里。乃是天镜中，分明画相似。爱此从冥搜，永怀临湍游……"至今诵读，仍能感受到绿水青山给诗人带来的内心澎湃。

说到李白，应该称他为浙东唐诗之路上最耀眼的流量诗星。他在《秋下荆门》诗中写道："霜落荆门江树空，布帆无恙挂秋风。此行不为鲈鱼鲙，自爱名山入剡中。"从诗人变换灵活的笔墨，可以想见典雅清秀的剡中风景带来的雍容飘逸的审美愉悦。他在《送友人寻越中山水》中写道："闻道稽山去，偏宜谢客才。千岩泉洒落，万壑树萦回。东海横秦望，西陵绕越台。湖清霜镜晓，涛白雪山来。八月枚乘笔，三吴张翰杯。此中多逸兴，早晚向天台。"从这样深情的如数家珍的描述中，也可以想见李白对越中山水的美好记忆。

说到李白贡献给浙东唐诗之路的辉煌篇章，我认为首屈一指的就是《梦游天姥吟留别》。请看这些瑰丽雄奇的文字：

> 天姥连天向天横，势拔五岳掩赤城。
> 天台四万八千丈，对此欲倒东南倾。
> 我欲因之梦吴越，一夜飞度镜湖月。
> 湖月照我影，送我至剡溪。
> 谢公宿处今尚在，渌水荡漾清猿啼。
> ············

全诗气象宏伟，意境壮丽，想象缤纷多彩，造语奇诡多姿。虽是托名梦游，但也有着深厚的现实情感基础。天姥胜景，剡溪清韵，在这首壮歌中展现得淋漓尽致，非同凡响。诗篇中的天姥山，辉映着历史与文学，光华万丈，傲然千古。

唐代另一位可以和李白媲美的诗人杜甫，青

年时期也曾在浙东山水留下足迹，可惜并没有为今天的浙东唐诗之路直接留下描写当地风光的诗篇。但是，也不用遗憾，因为杜甫在其他诗篇中留下了对这片山水风光的深情歌唱。请看这首《奉先刘少府新画山水障歌》：

> 悄然坐我天姥下，耳边已似闻清猿。
> 反思前夜风雨急，乃是蒲城鬼神入。
> 元气淋漓障犹湿，真宰上诉天应泣。
> 野亭春还杂花远，渔翁暝踏孤舟立。
> 沧浪水深青溟阔，欹岸侧岛秋毫末。
> ⋯⋯⋯⋯⋯⋯
> 若耶溪，云门寺。
> 吾独胡为在泥滓？青鞋布袜从此始！

这首诗是诗人为奉先（今陕西省蒲城县）县尉刘单所画山水障子而写。诗中赞叹画中之景雄奇幽深，让诗人仿佛重新回到天姥山下，听到那里的灵猿清啼。接下来的工叙和感喟更是写意传神，引人入胜。

倘若我们从钱塘江重新回到杭州，此时看山看水，就会想起白居易的《钱塘湖春行》了：

孤山寺北贾亭西，水面初平云脚低。

几处早莺争暖树，谁家新燕啄春泥。

乱花渐欲迷人眼，浅草才能没马蹄。

最爱湖东行不足，绿杨阴里白沙堤。

湖光水色，美不胜收。无限温柔，万千遐想，都随着诗人的感觉和心情，浓缩在这素朴清朗的诗行之间了。

浙东堪称胜境福地，这里可以壮游，可以梦游，可以画游，也可以诗游。可以入清新可爱之境即景遣怀，可以对幽深明丽之象体道怀仁，可以用深情之意、圆美之情，抒写澄澈明净之天章云锦。回到渔浦，在标志性的渔浦渡口碑前拍照留念。随后，朱超范先生带我去看一公里之外的另一个壮丽景象——三江口，也就是钱塘江、富春江和浦阳江三江交汇之处。风云际会，水天辽阔。依依不舍，心心念念，岂可无诗？我遂也口占一首小诗留念：

一声大喊水来也，如此风光举世奇。

广角平推天绝倒，长焦快递岸飞驰。

豪倾浪底千秋盏，响碰涛头十万诗。

欲掣之江立穹宇，云旗细数弄潮儿。

诗河淇水绕心头

去河南的鹤壁访问，友人带我去看著名的淇水。

淇水也称淇河，就像一条飞舞的碧玉带，从鹤壁的西北向东南方向飘然而去。李白说"淇水流碧玉"，实地验证，此言果然不虚。那天恰好天气晴和，阳光温柔，清风徐徐，波平浪静。粼粼碧流之间，偶尔泛起一圈圈弧形的微小波纹。这一片美丽的水，就像一个甜蜜的梦，那么圆满，那么轻柔，那么飘逸，美好得令我都有点担心，唯恐不小心用脚碰下去一块石子，把这梦撞疼……

　　淇水是一条内涵丰厚的诗河：清代的赵翼吟咏"都亭祖帐临行处，淇水悠悠系我思"，明代的王世贞感叹"句里孟门青，意中淇水绿。绿水如丝流，青天去不收"，元代的许衡赞叹"太行西对千峰玉，淇水东窥万斛珠"，宋代的邵雍沉吟"淇水清且泚，泉源发吾地。流到君家时，尽是思君意"，唐代的王维幽思"屏居淇水上，东野旷无山。日隐桑柘外，河明闾井间"……由此上溯至先秦，自《诗经》以降，缠绵的淇水留下了数不胜数的回肠荡气的动人诗句。

　　从古老的《诗经》算起，淇水至少已经著名了三千多年了：《氓》中写道"淇水汤汤，渐车帷裳"，《桑中》写道"期我乎桑中，要我乎上宫，送我乎淇之上矣"，《有狐》写道"有狐绥绥，在彼淇梁。心之忧矣，之子无裳"……可以说自古以来，淇水总是和爱情，和美好，和纯真善良联系在一起。这条清浅的河流奔涌着浓酽的诗意蜿蜒而至，一路柔肠百转，心潮起伏，给我们带来清澈袅娜的情感记忆、曲折坚韧的精神图谱。

淇水东岸专门建有一座"淇水诗苑"，把古往今来的咏淇诗篇一一镌刻在石碑上。长达5里的河岸上，千余首诗篇组成的连绵文脉，形成一道独特的人文风情景观。漫步在淇水诗苑的石砖路上，脚下流光荏苒，心上星移斗转，仿佛从先秦、秦汉、唐宋到明清的时空隧道间穿越而来。诗与情、诗与乐、诗与茶、诗与君子、诗与书画……不同的文化主题变奏出优雅的淇水乐章，令我流连忘返，百感萦怀。

诗苑漫步之后，友人邀我乘游船去更深切地感受淇水的风雅魅力。游船踏着轻快的节拍在碧透的水面上漫舞，清凉的浪花带着羞涩的笑声聚集在船的周围，接着又调皮地拍一拍船舷，提着绿裙纷纷向四周飞散。端坐在船头，我静静注视着淇水微波荡出温情的涟漪，心里很自然地浮起许穆夫人留在《诗经》里的诗句："淇水滺滺，桧楫松舟。驾言出游，以写我忧。"注视着浪漫淇水在脚下悠悠流淌，仿佛真的置身于先秦的那艘桧木桨的松舟之上，伴随着美好的流年轻轻荡漾在灿烂星河的波浪之间。此时此刻，所有不愉快的心情，全都随碧绿的微波一泻而去了。留在身边的是日月的辉光、山河的明净、星辰的澄澈、草木的安详，是无尽的绿、无尽的蓝、无尽的温情……

荡舟淇水仿佛是被流年轻轻拥在怀抱里。最特别的感受，是领悟到一份深沉久远的沧桑感。白鹭和黑鹳在游船前面自由地飞来飞去，牵引着遥远的回忆和怀想。鸳鸯和白天鹅在沿岸的芦苇丛中翩然漫游，不经意间拨动出无数亲切温馨的浪漫情思。

放眼四顾，绿岸葱茏，青山明丽，水碧天蓝……所有的风景都是如此安详宁静，没有那种波涛汹涌、滔滔不绝的急迫感，反而氤氲着一种默然无声的深邃气象，展现出一种饱看风云之后的淡定和从容。看着淇水的碧水，我的心也变得更加柔软、更加超脱了起来。

《诗经》中有一首直接以淇水命名的诗篇，就是《淇奥》："瞻彼淇奥，绿竹猗猗。有匪君子，如切如磋，如琢如磨。瑟兮僴兮，赫兮咺兮。有匪君子，终不可谖兮。"这首诗一共有三章，限于篇幅，我只能摘引诗的第一章。淇河岸上的绿竹亭亭玉立在清风中，让人感受到岁月苍茫中的沉静与烂漫。《淇奥》是一首歌颂美德的诗篇。淇水滋养出来的君子像竹子一样挺秀俊朗，他宽和虚心、谈吐风雅、磨砺道德、注重修养……观水思人，碧波间流淌着不尽的赞美和礼敬，也默默串联起这些温润的好词好句，划出一条清晰的美德示范标准，铺衬出一份充满诗情画意的古典情缘。

　　船上的同游者，均是参加诗歌节活动的诗人。一时之间，大家仿佛重回学生时代，像做功课一样，把能想起来的淇水诗篇，争先恐后地一一温习了一番，摇头晃脑地大声朗诵给淇水听，仿佛是在被一位看不见的老师检查作业。我跟着众人一起回忆着诗篇里的抑扬顿挫，也反复回味那轮回了千百年的美丽意境，沉醉于那清朗的笑声、潺湲的相思、悠扬的歌声、芬芳的叹息。众人引吭高歌，情到深处，好像也一起联袂溯淇水而上，遍历了往古的那些风花雪月、烟雨红颜、杨柳依依……

　　淇水的美，不是那种妩媚娇艳的俗美，而是端庄、清纯、深沉而明净。有古典范的深幽，也有原生态的淳朴。这美丽的河水仿佛不是流动的液体，而是凝固的固体，是温润的无瑕碧玉，镶嵌在中原大地上，散发着神秘而又纯真的光泽。欢跳着的阳光披着熠熠生辉的透明纱裙，在这碧玉上踩出斑斓的光斑和光晕，传递出各种神秘旋律和生动风姿……而此时有几声清朗的鹤鸣从湖面远处滑过来，也仿佛是从历史深处飘过来一样，悠扬的回声在我的心壁上缭绕着，翻涌出莫名的战栗和渴望。

绿树葳蕤，蒹葭摇曳，波澜不惊。人间烟火点缀其岸，人水和谐，光阴静好。当地友人告诉我，这条饱经风雨的古老诗河，现在的饮用水水源地水质达标率始终保持在100%，水质清洌，水味甘甜，入选"美丽河湖"的提名案例，是"生态旅游示范区"，还被誉为"北方漓江"……为了保护这一方净水，当地营造水源涵养林，修复生态湿地，恢复流域生态，构建乔灌草蒿藤湿相结合的生态保护圈层，付出了不少的艰辛努力。淇水而今呈现出来的这些古典美，其实更离不开现代人的细心呵护和精心保养。

晚上佐餐，友人向我推荐淇河鲫鱼和缠丝鸭蛋。鲫鱼得力于良好水质，味道格外鲜美。缠丝鸭蛋据说也是仅在淇河出产，其奇在于蛋黄切开来之后，会呈现一圈圈浓淡不同的金环，宛然如金丝缠绕。我想自此之后，那圈圈金丝也就变成缕缕鲜香的思念，永远留在关于淇水的美好记忆深处了……

过淇水岂能无诗。我也写了一首《南乡子》，献给这条古老的诗河：

淇水自心头，百转金声玉句留。那碧那澄那静美，温柔！脉脉风骚意自投。

绿竹隐清幽，淡看沧桑雨雪稠。涌出画图都是爱，奔流！毕竟深情绕九州。

御诗中的山庄韵

琼楼赏烟雨，香榭染荷风。

水响世尘外，云停异代中。

相逢鹿衔碧，共赏鹤摇红。

大暑何由避，悠然一字空。

这首五律，是我写的。一到承德，很自然就会有诗词从心底流出。承德是个很有感觉的地方。巍巍磬锤峰，悠悠武烈河，山水安然，岁月静好，引人入胜。这座城市最著名的旅游所在，就是避暑山庄。

避暑山庄分布在武烈河西岸，宫墙蜿蜒，楼

阁耸立，湖泊旖旎，林木葳蕤，一共占去了小城三分之二的面积。山庄的牌匾是康熙题写的。蓝底金字，遒劲有力中又透出一份特有的丰腴和悦，别有一番风格。其中的"避"字右边本来应是"辛"字，可康熙的牌匾上却多写了一横，据说是为了特意讨个好彩头，表明此字是"避暑之避，不是避难之避"。

跟着诗词旅游，成为现在一大文旅热点。黄鹤楼、滕王阁、庐山、泰山、天台山……许多名胜都有历史悠久的美丽诗篇供人们边游边赏。可是，避暑山庄虽然"贵"为世界文化遗产，名闻四海，但历史却并不太长，仅仅是从清代开始的——始建于清康熙四十二年（1703），至乾隆五十七年（1792）竣工，历经清康熙、雍正、乾隆三朝。

避暑山庄是清代皇帝避暑和办公的场所，称为"离宫"或"行宫"。这里似乎没有唐诗宋词元曲之类的古老文脉可以追怀和炫耀。如果硬要找出一点突出优势，或许可以说这里"诗词导游"的级别最高，因为康熙和乾隆等清代皇帝，都留下了不少的"御制"避暑山庄诗。

现在，很有一些人，特别喜欢嘲讽清代皇帝的诗词，有时甚至将其贬得一无是处。可是大摇其头的这些议论者，却可能只是人云亦云，并没有静下来，耐心读过这些清帝的作品。清代皇帝在避暑山庄留下的这些"御制"诗篇，既见证了历史的变迁，也带领我们更深入地领略山庄风景的优美和庄严，其实还是很有一些值得品赏之处的。

山庄门前两座铜狮，自带威风，还自带几句顺口溜："摸摸铜狮眼，口袋年年满。摸摸铜狮头，天天不用愁。"这些俚语流传广泛，但终究代表不了避暑山庄的诗词文化底蕴。走进山庄大门，首先看到的是雍容典雅、金碧辉煌的华丽宫殿。

首先想说一说的是"万壑松风"。康熙描写

此地"在无暑清凉之南，据高阜，临深流，长松环翠，罄虚风度，如笙镛迭奏声，不数西湖万松岭也"，随后留下一首七绝：

> 偃盖龙鳞万壑青，逶迤芳甸杂云汀。
> 白华朱萼勉人事，爱敬南陔乐正经。

康熙赐孙子弘历在此处读书。六十年后，已经成了乾隆皇帝的弘历重游，也留下一首《万壑松风》：

> 苍翠郁氤氲，岩端细径分。
> 四时无改色，众木有超群。
> 盖影晴仍暗，涛声静不纷。
> 髫年读书处，终是愧尊闻。

"万壑松风"是山庄"七十二景"之一。康

熙把避暑山庄的景色分成"三十六景"，各用四个字命名，比如烟波致爽、万壑松风、云山胜地、曲水荷香、水流云在等。乾隆又补充了"三十六景"，各用三个字命名，比如松鹤斋、水心榭、冷香亭、一片云、澄观斋、千尺雪等。这"七十二景"，构成避暑山庄的斑斓万象。如果从清代夏季政治中心的角度考量，那么这里最重要的地方，就是烟波致爽殿。烟波致爽殿是皇帝的起居处所，西暖阁是卧室，据说床后还有一条用于逃生的暗道，东暖阁是讨论国务的地方，类似于会议室。烟波致爽的殿名正是康熙所起。他说这里"地既高敞，气亦清朗，无蒙雾霾氛"，让他想起唐柳宗元《永州龙兴寺东丘记》中的"游之适，大率有二：旷如也，奥如也，如斯而已"。康熙觉得此处游感即所谓"旷如也"，四围秀岭，十里澄湖，致有爽气。恰好云山胜地之南，有屋七楹，于是以"烟波致爽"四字"颜其额焉"。

随后，他为烟波致爽殿写了十六句五言诗，中间八句最为优美：

> 春归鱼出浪，秋敛雁横沙。
> 触目皆仙草，迎窗遍药花。
> 炎风昼致爽，绵雨夜方赊。
> 土厚登双谷，泉甘剖翠瓜。

此后六十年，康熙的孙子乾隆皇帝，也同样以《烟波致爽》为题，留下一首五律：

> 玉塞山原富，烟波此处饶。
> 虚明疑汉上，绮縠漾云标。
> 每爱秋蟾印，长教暑气消。
> 牙琴漫须数，曾入五弦调。

避暑山庄除了宫殿区，就是美不胜收的园

林区了。这里有江南的秀美、塞北的粗犷、乡村的野趣，湖光美，山色幽……宛如一帧帧移动的全景摄影图。其间时有梅花鹿和丹顶鹤漫步和曼舞，不仅不避人，反而不时主动走近游人的身旁，令人心生不尽怜爱之情。

园林区的风景，令人最难忘怀的是如意湖。碧波潋滟，风荷摇曳，让人油然而生伊人宛在水中央的美好联想。湖上有三个小岛，如意洲岛、月色江声岛、环碧岛。乾隆见这里"堤偃桥横，洲平屿矗，隐映亭榭，境别景新"，曲岸逶迤，如同灵芝状的一柄玉如意，所以就用"如意"来给这里命名。乾隆评价说："山庄胜处，政在一湖。"也就是说，他认为避暑山庄最美的地方，就是这个如意湖。乾隆留下一首七绝《如意湖》：

塞水恒流此处渟，柳湖莲岛偶摹形。

烟容波态皆如画，属意悠然在杳冥。

　　如意湖东北角，有著名的热河泉，潺潺注入武烈河。湖畔立有一块巨石，上边刻有"热河"两个红字。这里盛夏泛清凉，深冬却永久不冻，也算是大自然的一大奇观。因为特殊的地理环境，山庄荷花于六月始开，虽觉稍迟，然至八九月间尚芬葩未已。也就是说，这里到了秋季能见到荷花与菊花一起盛开的景象。乾隆为此写过两首《九月初三日热河见荷花》：

　　　　霞衣犹耐九秋寒，翠盖敲风绿未残。
　　　　应是香红久寂寞，故留冷艳待人看。

　　　　前朝见菊黄兼绿，今日看荷紫带红。
　　　　夏卉秋葩浑不辨，一齐摇曳晚风中。

　　山庄游览，可以一边品赏诗句，一边游览美景，仿佛自己也穿越时空，来到了清代，和皇帝一起漫步了。关于避暑山庄的诗词，我有一个小遗憾，就是找不到清初"第一词手"纳兰性德的作品。他给康熙皇帝做了十年侍卫，但是三十一岁就英年早逝，那时避暑山庄还没有开工，所以他没有留下描写避暑山庄的诗词作品。不过纳兰性德多次随康熙从古北口出长城到塞外避暑，应该是到过承德一带的。纳兰性德有一首《鹧鸪天》是这样写的：

别绪如丝睡不成，那堪孤枕梦边城。因听紫塞三更雨，却忆红楼半夜灯。

书郑重，恨分明，天将愁味酿多情。起来呵手封题处，偏到鸳鸯两字冰。

承德被称为"紫塞"，并有"紫塞明珠"的美誉。我愿意把纳兰的"紫塞三更雨"，理解成承德的夜雨，也愿意把这首词，想象成是在承德写的。那时候，这里还是屯田形成的"热河上营"，还没有"离宫"的声威，却已早早种下了一份久远的诗缘……

第二辑

心情

庐山的杉

　　走进庐山，横看成岭侧成峰，处处都是美丽的风光。而那一棵棵拔地而起的杉，尤其令我难忘。它们像立体的画，又像无言的诗。

　　庐山的杉种类繁多，有着各种不同的名目。在黄龙寺前，有两棵阅尽数百年沧桑的柳杉，和另一棵老银杏树并肩而立，被合称为庐山"三宝树"。它们像三位冷静的智者，静看着身边的人来人往，云起云飞，不动声色地绿着，黄着，生长着。淘气的鸟儿晃着尾巴站在它们的肩头，好奇地问它们："高寿几何？高寿几何？"它们沉默着，不回答也不回避，不恼也不烦，依旧寂寞地站在自己的位置上，向春天送上翠绿的微笑，向清风送上轻盈的舞蹈。它们的树干上布满了斑驳的纹理，写满了光阴的故事，令人遐想，引人深思。

在芦林一号毛泽东同志旧居门前，我见到几棵高大的冷杉，挺着胸膛站在甬路旁边，气宇轩昂，很有些伟丈夫的气概。而在庐山植物园，我还看到一棵罗吊云杉，披着苍碧的绿裙，丝带一样的枝叶一缕一缕地披垂着，颇有窈窕淑女的妩媚风姿。另外，庐山还有一种被称为活化石的树种，叫水杉，发现并命名它们的胡先骕博士，就长眠在这座山上的一个宁静角落里。经过长期的辛勤繁育，庐山的水杉现在已经有一万多株了。可惜因为行旅匆匆，我没有专程去寻访这片水杉林，只是在心中想象着那些绿色的身影，还有枝叶间挂出的那些水笔样的雄球花，为自己悄悄留下了一个将来再访庐山的理由。

　　说心里话，庐山这些著名的杉虽然牵动我的心弦，但我更钟情的却是庐山山谷间随处生长的那些普普通通的杉树。它们生长在低处，心却不在低处。它们长啊长啊，一个个都生长出了顶天立地的高大形象。这些杉树之间的距离很近，不过一两米吧，可是它们谁也没有妨碍谁的生长。越是长得高大的树，身上越是没有旁逸斜出、七横八岔的枝条。它们只把心思放在让自己长高的事业上，而不是放在动歪脑筋抢夺别的树的阳光雨露上；不是想鬼点子让别的树长矮些来衬托自己的高大，而是公平竞争，让自己的努力来显示自己的高度。这样一些和谐共荣的杉，虽然寂寞在深谷，却让我有一种仰望的冲动和感动。

　　我曾经去过另外一个山区采访。那里的山岭上也是郁郁葱葱，但树种却只是一些低矮的灌木，竟然没有一棵高大的乔木。这是为什么呢？原来那些树木互相拉扯，互相遮蔽，互相抢夺阳光和雨露，最后大家都没有成长起来的机会，就只好形成这种成片的灌木林了。据说有关部门也曾航播过一些高大乔木的树种，但是，因为那些灌木的势力太大，彼此间的纠葛太密太多，这些航播的树种大多落在那灌木的枝叶上，根本落不到泥土里，最后就被太阳晒干死掉了。而少量有幸落地生根的树种，又因为生活在那些灌木的阴影下面，见不到多少阳光，沾不到多少雨露，最后也就只能委委屈屈地生长成又一株小小灌木了。

想起了那些灌木丛，我对庐山的山谷间随处可见的这些平凡的杉刮目相看了。伟人写到庐山时说"跃上葱茏四百旋"，在这"四百旋"的山路上，车窗外不断闪过的那一棵棵腰板笔直、一心向上的杉，成为我心中定格的一帧帧永远的美丽风景。想想在庐山的山谷间常见的这些高大的杉树，再对比那一片片灌木林，我对"和谐"这个词有了许多更新的、更深的理解。

　　原以为庐山是不会有那种枝杈横出的杉树的。可是后来，在风景秀丽的百杉廊，我还是看到了一棵枝杈七横八岔的奇特的怪杉。它的树干笔挺地肃立在天地之间，可是它的下半部却有一圈树枝如裙摆般展开，更像一个个翠绿的手臂伸展在树干周围，所以才有了"千手观音杉"这样别致的雅号。

　　这棵"千手观音杉"其实是一棵冷杉。名字中虽有一个"冷"字，不过枝叶间却凝聚着许多温情。在那烽烟滚滚的年代里，日军的炸弹曾经把这棵杉树拦腰炸断，只留下光秃秃的一人多高的半截树桩，当年见到它的人都认为这树是活不成了。可是第二年春天，这棵树的伤口周围却顽强地长出了一圈绿芽，沐着阳光雨露，越长越茂盛，越长越粗壮。它的生命力，让很多人平添了许多敬意。不过，这故事还没有完。

　　周边的杉树伙伴们都长得高大伟岸，这棵复

活的杉树也不甘心做一个矮矮的小胖子，于是它的绿色的树枝中间，就又长出一根高大的主干，而且一直向上，向上，向上，直到跟其他杉树并肩而立，共迎明媚的阳光，共挡肆虐的风雪。这样，这棵杉就以这样一种奇特的树貌，留在了庐山的杉树林中。那傲然挺立的风骨令人赞美，百折不挠的勇气也同样令人钦佩不已。哪怕遭遇再大的挫折，那生命的尊严也总能够唱出一曲顽强的翠绿赞歌。

　　我在庐山看杉，心里忽然涌出来万丈豪情……

我思念里的郭麻日

神秘而又幽静的郭麻日古堡，沉静地矗立在青海的热贡，也稳稳地筑在我的心上。

没有花红柳绿，没有小桥流水。软绵绵的抒情和轻飘飘的感叹，在这里水土不服。

那珍藏着诗篇等了我七百年、带着沧桑期待了我一万里的古堡，是个最适合沉思的地方。蓝湛湛的天和金灿灿的黄土，是这里的主色调。而那厚重，那苍凉，令人久久难忘。

我知道这个低调的远方，是缘于青海著名诗人白渔老先生的介绍。他在西宁为我们热情讲述了热贡艺术，还送我一本《黄南秘境》，书中浓墨重彩地描写了郭麻日古堡的"霞辉"，那优美绚烂的悠远境界，引起我心中强烈的向往。恰好又得到挂职当地的马金刚先生帮助，我得以跨越远山远水，很顺利地如愿站到了古堡门前。

说心里话，初见古堡，心里略略有点失望。这里虽是国家级历史文化名村，但是门庭颇为冷落。即使作为免费的旅游景点，来往的人丁也寥寥无几。古堡的建筑颇为矮小，与想象中的富丽堂皇有着较大的落差。然而走进古堡之后，则立刻感受到一种别样的心灵震撼。

这个长方形的古堡是用夯土板筑而成。整个城堡由完整封闭的厚厚土墙包围起来，初看就像一个金黄色的大积木，静静摆放在隆务河西岸的二级坡地上。仔细打量之后才发现，这岂是任人摆弄的玩具积木，它更像一个单色的神秘魔方啊——数不清的时间秘密、数不清的沧桑过往、数不清的风雨悲欢，都浓缩在这玄奥而又魔幻的泥土墙的背面了。

古堡有东、西、南三个门，我们是从东门进入的。迎接我们的除了土墙，还是土墙，没有任何绿植，更没有花木。窄窄的巷道回环往复，迂回曲折，错综繁杂，就像电子游戏里的远古迷宫。马金刚先生特别嘱咐我们："一定要跟紧了。"真真的，我也确实不敢和马先生拉开距离，因为生怕一扭脸就走丢了。左右都是曲曲弯弯的土巷，每一条土巷又分蘖出无数的分岔，而每条岔路走到尽头，又都斩钉截铁地是一条死胡同。既有Y字形交会，又有随地形变化的自然弯曲。不知道学习野外生存专业的马先生是怎样辨别方位的。只看见他漫不经心地悠然一转，就带我走进另一条新的土巷。

我强调是土巷而不说土街或土道，是因为踩在脚下的这些青石板路，都实在是太狭窄了——宽处不足两米，窄处则仅容一人转身。我带着异乡人的困惑和高度近视的迷茫，在这土巷中越走越深，越走越增添莫名的敬畏之情。幸而这古堡不是死堡，里面住着生动的寻常人家。一门紧连一门，一户紧挨一户，紧密地挤靠在一起，让稚拙的土墙有了温馨的人间烟火。这样在古堡中走路，心里也就踏实了一些。

马先生告诉我，古堡中目前生活着100多户人家，大多数人家都紧闭着房门。门上悬挂着一些不知名的干枝和草叶，据说是为了驱邪。我隔着门缝，好奇地向土院里张望，但是看不见活动的身影。宁静神秘的气氛，让我好像回到冀中平原上的家乡，恍恍惚惚，在和童年伙伴们玩着捉迷藏的游戏。每条土巷的拐角处，仿佛都埋藏着银铃般的快乐的笑声。

正想着，刚好就看到一家院门正敞开着，热情的女主人把我们迎了进去。古堡中的居所多是二层的土木结构的平顶房。走进的这户人家，是一处三合院式建筑，小院的形状很不规则，巴掌大的地方，很小。各种东西布置得特别紧凑和简单。正房面阔三间，房檐下装饰着一些古朴的花藻。似乎没有固定的朝向，因为在这迷宫中，我已经分不出东西南北。正房的底层是厨房、储存房和牲口圈房，二层为经堂和起居室。正房里用木板分隔里外间，装着木格的小窗子。墙上悬挂唐卡、堆绣等艺术品，显示着信仰的虔诚和内心的纯净。此时正有两个孩子，一个在楼上，一个在楼下，害羞地看着我们，脸上是温暖的笑容。

　　站在楼上，可以洞察土巷内的情况；站在楼下，可以让目光一直翻过矮矮的院墙，直接飞到邻居家去。残损的土墙上涂着斑驳的泥巴，墙角堆着方砖形状的煤块，垒得很高，显然是整个冬天的燃料。

　　家里的老奶奶非常安详，坐在台阶上的方桌旁边做着堆绣。可爱的小孩则忸怩地躲在房柱后面，小心观察我们。虽然语言不通，但是笑脸不用翻译。热情的女主人喊过来孩子，牵手带我们参观她家的摆设，又热情地把我们一直送到门外。

通过马先生讲解，我知道这座古堡是屯垦戍边史的活化石，距今已经有700余年的悠悠历史了。热贡地区地处川藏甘的门户，地肥水美，是兵家必争之地。郭麻日古堡，就体现了古人们的生活智慧和军事天才。地址选在山坡台地，一方面避免了洪患，另一方面又便于观察敌情。古堡中复杂的巷道布局，也是为巷战做的准备。每一个院落都可以作为一个战斗堡垒，土墙可以作为掩体，邻院可以作为后盾。敌人无论从哪个方向进入巷子，都会受到左、右和上，这三个方向的攻击。

另外，马先生告诉我一个古堡的秘密：这土巷看似无序，其实也有一定规律，东西向是连接东西门的主巷，南北向虽然曲折回环，但也有连通到南门的一条主巷。两条主脉十字形状交会，把古堡大致划分成四块，密布其中的是那些毛细血管般的细巷子。知道了这个规律，无论从哪个方向都能寻找到主巷，然后悠然出堡，再也不会迷路了。

岁月沧桑，风吹日晒，悠然世外，无限遐想。最后，马先生又为我解释了三个谜团：

一、为什么古堡里的人很少？目前住在古堡里的人家靠画唐卡，绣堆绣，做石雕、木雕为生。只是因为地方狭窄，实在住不开了，就搬到堡外去住了。另外，还有好多堡民外出务工，比如北京的国子监就有郭麻日古堡的唐卡画匠。

二、住在堡里的居民是什么民族？看见他们的藏裙和藏帽，我想当然以为他们都是藏族。其实，他们是青海特有的一个民族，土族。

三、"郭麻日"是什么意思？因为堡门是用红铜包裹起来的，所以在藏语中称为"郭麻日"，也就是"红色之门"的意思。

徜徉在深巷子，一不留神，就走进一篇形散神不散的美文。不要形容词，不要小浪漫，只留下置身其中的神秘感觉和亲切情结。堡里这些站起来的泥土，看似平凡而松软，却又有着一份特殊的坚韧和顽强。轻轻道一声别，就是在告别700多年的光阴啊。堡门前有块石碑，上写"全国重点文物保护单位"的字样。马先生和我相约，将来重访热贡，合作写一本关于郭麻日的大书。可惜我因为种种缘故，一直无法践约成行。

但是那古朴厚重的郭麻日，一直在我的想念里啊。

玉关天堑壮幽怀

20年前，我给一家出版社写过一本书，叫《带一本书去北京》。该社一位参加工作不久的编辑审稿时，要求删除其中描写八达岭长城的一篇散文，理由是并非北京的名胜。她认为长城远在紫塞黄沙的荒凉之所，不会出现在首都北京这样的繁华都市。显然，这位认真的编辑同志提出的删改意见，却是有点想当然了。

长城不仅是北京名胜，而且是好多人到北京旅游时的必选之地。如果把长城比喻成凝固的音乐，那么，这荡气回肠的激昂旋律西起嘉峪关、东至山海关，蜿蜒盘旋一万三千多里，在北京地区留下的则是最璀璨最瑰丽的华彩乐章——八达岭、居庸关、司马台、慕田峪、黄花水长城……无论哪一个景点，都是雄奇壮观的风景线，都有令人叹为观止的独特之美。而其中最高亢的一段"旋律"，当然首推八达岭长城。后来，我向出版社的那位编辑做了解释，并特意把八达岭长城的摄影作品也补充进那本关于北京的书里，同时把这段长城的画面留在心头，用来在离开长城的日子里不断回放和回味。

在中华人民共和国成立后，八达岭长城开放最早，接待世界风云人物最多，也最为著名。美国前总统尼克松游览后说："只有一个伟大的民族，才能建造出这样一座伟大的长城。"英国女王伊丽莎白二世游览后说："我到过许多地方，长城是最美丽的。"俄罗斯联邦总统普京游览后，在题词中写道："我为中华民族之勤劳、风景之秀美、历史之伟大而感到惊讶。"……伟大的八达岭长城，以其壮美险峻的雄风和英姿，给世界各国的游客都留下了深刻而瑰奇的美好印象。

秦始皇统一六国后把秦、赵、燕三国的长城连贯起来，后来的历朝历代又不断修缮。我们今天看到的八达岭长城，是明代留下来的，构筑雄奇，工程艰险，形制复杂，被称为中国万里长城的建筑典范。第四套人民币背面图上选用的就是这一段长城。1953年，八达岭长城经过修复后向中外游客开放。1961年，被列入第一批全国重点文物保护单位名单。1987年，被联合国教科文组织列入《世界遗产名录》。2019年，东边的水关和西边的古长城也纳入八达岭景区，范围更广了，视野更宽了，景色也更加恢宏壮丽了。

曾选入小学语文课本的《长城》一文介绍说："从北京出发，不过一百多里就来到长城脚下。这一段长城修筑在八达岭上，高大坚固，是用巨大的条石和城砖筑成的。城墙顶上铺着方砖，十分平整，像很宽的马路，五六匹马可以并行。城墙外沿有两米多高的成排的垛子，垛子上有方形的瞭望口和射口，供瞭望和射击用。城墙顶上，每隔三百多米就有一座方形的城台，是屯兵的堡垒。打仗的时候，城台之间可以互相呼应。"八达岭长城的关城有东西二门，东门上刻着"居庸外镇"四个大字，西门上刻着"北门锁钥"四个大字。地势之险要，从这八个大字可见一斑。高大的长城城墙依着山势，盘旋在南北峻岭之间，怒放的桃花、杏花和各种不知名的野花汇成彩色的海洋，簇拥在长城的脚下，芬芳扑面，长风骀荡，引人无限遐想。

八达岭长城被称为"玉关天堑"。这城墙见证了历代王朝的兴衰更迭，也铭刻着时代风云的沧桑变幻。无声的八达岭就是一部无言的史书，饱含着丰富的血泪悲欢，记载着真实的流年碎影。坚固砖石构筑的军事设施，后来已经演变成了意象的长城、文化的长城、精神的长城。当我沿着陡直的石阶登上高高的敌楼，凭窗而立，极目远望，忽然想起抗战时期的几首著名歌曲。《前进歌》中唱道："让我们结成一座铁的长城，向着自由的路前进！"《长城谣》中唱道："四万万同胞心一样，新的长城万里长。"《义勇军进行曲》则发出更加激昂的呐喊："起来！不愿做奴隶的人们！把我们的血肉，筑成我们新的长城！中华民族到了最危险的时候，每个人被迫着发出最后的吼声。"这遥远年代的悲壮旋律，让我忽然变得心潮汹涌，壮怀激烈。波涛般的崇山峻岭迤逦而来，在阳光下铺展开壮丽奔放的宏阔画面。耳边依稀响起金戈铁马的岁月呐喊，脚下仿佛掀动着腾跃关山的历史册页……明代万历年间的蒋一葵在《长安客话》中写道："路从此分，四通八达，故名八达岭，是关山最高者。"站在"关山最高"处，恍惚间自己也拥有了敞亮的胸襟，敢迎八面来风，敢对万里烟云，敢腾身跃马飞度关山，带着厚重的诗情、豪迈的旋律，和长城一起奔向远方……

八达岭长城入口处的马道旁，平行排列着五尊铁炮，都是明代的遗物。最大的一尊铁炮上刻有"敕赐神威大将军"字样，是明崇祯十一年（1638）制造的，据说能发射到千米之外，威力颇巨。我曾经给儿子、女儿在这铁炮前拍过一张照片，至今仍作为我的微信朋友圈的封面图。一晃就过去了二十多年，我凝神看着这张照片，想起孩子的童年，想起光阴的故事，更兴起很多关于家国今昔的悲欢感慨。

在八达岭的北八楼处有个"好汉坡"，上面立有一块刻着"不到长城非好汉"红字书法的石碑，是一个著名的打卡地，也是我每次到八达岭长城的必访之地。我喜欢在这个石碑前留个影作为纪念，也总能在这石碑前的砖石上，拾到一些虽然粗浅却又记录真实心迹的诗行。本文结尾，就附录最近一次访问好汉坡时拾到的习作，与亲爱的读者分享一份难忘的情愫：

雄关俯瞰一瑶琴，天上风雷弦上音。

人到长城呼好汉，诗从热泪问初心。

燕山腊雪飞终古，太液春潮涌至今。

昂首烽台奔怒马，扬鬃雉堞碧云深。

爱此青碧：天坛看树小记

秋天的天坛，映衬着蓝天白云，真是美不胜收。

丹陛桥连接着圜丘坛、皇穹宇、祈年殿三个美丽的圆形建筑，就像一艘美丽的巨大画船，静静停泊在葳蕤的青碧波浪之间。金风徐来，绿涛浮动，柏香荡漾，鹊鸟欢鸣。在这秋日难得的绿海碧涛簇拥下，红墙蓝瓦的祈年殿仿佛高高矗起的锦绣云桅，引人无限遐想。恍惚间，这古老画船仿佛正在北京中轴线上悠然起航，满载着大地的丰收祝福，满载着人间的甜蜜愿景，满载着岁月的诗情画意……

尽管季节已经走入清秋，香山的红叶已经燃起满山热情，长安街两侧的银杏树也已经披上了金黄色的纱衣，但是天坛公园的树木却依旧是郁郁葱葱，满园青碧——因为这里的树种主要是柏树、松树等常青植物，所以仍能保持醉人心脾的秋日苍翠。

其实只要走进天坛来就会发现，天坛的秋天当然还有其他各种靓丽色彩。我是从公园北门进园的。首先映入眼帘的，就是大门两侧一团团紫云朵一样的三角梅，还有足球般大的朵朵五彩菊花。这些绚烂的色彩点缀在天坛沉郁的青碧中间，恍如绿色海洋深处的斑斓游鱼，曼舞婆娑，摇曳多姿，为天坛的秋色添上一缕缕多彩的想象。2022年的国庆，天坛北门摆出的硕大花架前面，有一块醒目的标牌，写着"幸福生活"四个大字。标牌后面，是两个用植物装点成的孩童雕塑，纯真满脸，动感十足，让人一见就喜欢。

确实，花架上这些彩色的花朵，就如同我们五彩缤纷、安宁醇和的幸福生活。只是这些彩色需要就近观赏，数量上远远比不过那些青碧色。倘若从远处看，从高处看，天坛给人印象最深的色彩，还是那一片片庄重肃穆的青绿和苍碧。这里的植物大交响之中，柏树是站"C位"的主角，青碧的柏涛是绝对的主旋律。据统计，整个天坛共有25公顷柏树林，约占总面积的八分之一。苍苍老柏，静谧幽深，见识过无数的风雨阴晴，自有一份庄重淡定的雍容气度。

天坛的古树都是有"户口"的，树干上都贴挂着长方形的红色（或绿色）小牌。这些小牌就是它们的"身份证"。扫一扫上面的二维码，就能清晰地查阅它们各自的"户籍资料"。其中树龄在300年以上的是一级古树，挂红色标牌。300年以下、100年以上的是二级古树，挂绿色标牌。整个天坛公园算下来，仅仅是红、绿标牌的古树，就有3562棵。注意，是3562棵啊。其中一级古树1147棵（柏树1146棵，国槐1棵）、二级古树2415棵（柏树2391棵，国槐21棵，银杏2棵，油松1棵）。单纯述说这些阿拉伯数字还比较抽象，如果告诉你全北京近三分之一的一级古树都在这里，你就能感受到这是一个多么壮观的阵容了。一代代栽培，一代代守护，一代代传承，留下让人自豪又让人感动的一代代荫凉，一代代奇迹，一代代绿色记忆。

600多岁的天坛，分为外坛和内坛。2702株古树分布在内坛，860棵古树分布在外坛。从外坛坛墙的一个圆形的月亮门（名叫"成贞门"）迈进去，入眼的首先是一棵迎客柏。这老柏树向西侧斜斜伸开五米长的葳蕤枝叶，像极了热情张开的绿色手臂，热情招呼着四面八方的友好客人。这老柏的树龄已经有620岁了。620年的阳光雨露，凝成这份暖融融的青碧温情，让人会心一笑，胸中立刻荡起和煦春风。

从迎客柏往前不远，就遇到一棵树中的"诗人"。这位"树诗人"身高11米，周长91厘米，名叫"问天柏"。这棵树的树干不太粗，疲惫的枝叶已经有些许干枯了。神奇的是一圈稀疏的苍绿中间挺出一根干枯的老枝，颇似战国诗人屈原的一个天然造型。一手指天，一手画地，仰面而叹，临风嘶唤，仿佛都能听到那悲凉的感喟："圜则九重，孰营度之？惟兹何功，孰初作之？"这棵问天柏，也已经有520岁了。

离开这位"树诗人"，往前走不远，就是皇穹顶的外墙了，也就是著名的回音壁。这回音壁的外侧有一棵九龙柏，据说是天坛的"网红"树——所有到天坛的游人，都会来这棵树前合个影，都要到这树前打个卡。这棵树被评为北京市的"最美十大树王"之一，树龄已经有600岁了。附会在这柏树身上，有很多美丽的传说。其树三丈有余，树干呈上下纵纹，像是九条怪龙缠绕在一起，扭曲盘旋而上。这棵九龙柏的树冠葱郁蓬勃，树型完整圆满，符合我们心中对古树的所有想象，确实不愧"最美"的称号。

沿着皇穹顶外墙往南边漫步，沿途都是郁郁葱葱的古柏。在长廊北侧、北神厨东侧，有一棵莲花柏格外引人注目：其树干矮矮胖胖，近两米粗，树瘤纵裂成莲花台的形状，只有中间抽出一枝青碧，观音一样飘然端立在流年深处。这树是金朝末年所种，已经800多岁了，比天坛的岁数都大，算得上是这里的老寿星了。

在祈年殿西南侧的甬路旁边，我还遇到一棵近乎歪倒的老柏树，它仿佛支撑着要起身招手，又好像是准备要安然入睡。这树叫卧龙柏，树根处用泥土围绕了一个小圆，圆中还点缀了一小片绿色植物，恍如这卧龙盘起来的一小截绿尾巴。摸摸这卧龙柏的树皮，好像还能够感受到历史的体温，倾听到时代的呼吸。我知道，无数个精彩的风雨细节，都凝聚在它那沉默的年轮里边呢。

当然，这卧龙可是"睡"不着的。喜鹊喳喳，乌鸦呱呱，还有可爱的小松鼠、小刺猬在周围探头探脑，为它带来童话般的活泼和快乐。据说天坛柏林中的野生鸟类有199种。祥和安然的满园青碧，为小动物们提供了美好的生态乐园。一片片阳光从柏叶缝隙中漏下来，仿佛淘气娃娃的小手，在流年的海洋里淘气地拍击着，嬉闹着。想一想这些柏树的古老年龄，怎能不为这份生趣和活力而肃然感叹！在天坛，我还遇见了螺旋柏、柏抱槐等各种不同的名树。它们各有不同的形状，各有不同的故事，却都有着一份相同的坚韧和蓬勃。

不知不觉漫步到南宰牲亭和南神厨北侧，一位热心的志愿者指给我看一棵大树的树杪，上面高高挑出几根秃枝，形态构图却生趣盎然，极像一匹向着西南飞跃的小鹿。这棵不大为人注意的无名古树编号是110131A04963，在它周围还生长着56株古柏，它们一起形成一个天然的古柏小群。那匹追风的小鹿引领着的这片苍苍老柏，据说是天坛古树保护的小区试点。从这试点继续往北徐行，就遇到一片青青的油松树林。接着出现的就是笔直插天的几排白杨，另外还有榆树、槐树、核桃树……这些树木没有古树编号，年纪应该都还不大。一大片年轻的树木并肩站立，俨然异军突起，蔚然青春气象。如此一派虎虎生气，更加让我欣喜和欢慰。要知道，天坛不只有那些古香古色的建筑，不只有那些资历渊深的老树，更有这些年轻的青碧和蓬勃。这些年轻的树是现实的丰富纹理，是历史的生动见证，是明天的美好想象，是希望的绿色目光啊。

　　天坛南门内竖立着两块石碑，东侧是世界遗产标志，西侧是全国重点文物保护单位标志。

抚碑沉思，绕碑徘徊，不由得浮想联翩，感慨万千。这些绿色的树也是我们的会呼吸的文化遗产、会光合作用的宝贵文物啊。它们掀起的青波碧浪，荡漾在肃穆壮丽的丹陛桥周围。那一阵阵绿色的历史回声，流转在时光的褶皱里，荡漾在年轮的记忆中。爱此青碧，醉此青碧，护此青碧，珍惜这六万多棵树撑起来的青碧气象吧。它们树龄参差，树种各异，而一样多情的根，却都深深扎在这片充满生机的沃土之上了。

天坛：仰望苍穹

有感觉的建筑，就像有魂，能勾起人很多联想，很疼痛的那种联想。

天坛，就有着众多这样的神秘建筑，总是令人心生向往。对它的想念，如同存钱一般，诗人们常有的那种魂牵梦绕的情感，被它用一种零存整取的方式悄然珍藏。就像按下琴键，一旦踏上它的台阶，音乐便会自然而然地从心头流淌而出。

这里是我国现存最大的一处坛庙建筑群，位于北京市崇文区西南面，距今已有600多年历史。1900年被用作八国联军总司令部，还架设了轰击前门和紫禁城的大炮，洋人为掠夺财富，后来又在天坛设立过火车站。1914年袁世凯登基时在天坛上演了历史上最后一场祭天的丑剧。军阀混战时期，张勋将天坛作为司令部。1918年，天坛建设成公园正式对外开放。

我来的时候，八国联军早走了，袁世凯也走了，张勋也走了。烽烟消散了，大地一片宁静。

赶到天坛的时候，远处的晚霞已经开始收拢它的翅膀，天坛就像一张巨大的脸，因为晚霞而泛着红光，让人更感觉到那份明丽和娇羞。

天坛是皇帝祭天的地方，比皇帝的家——故宫，还整整大三倍。

所有美好的渴望都在继续，天坛始终都在等待着，祈年殿像一根巨型火柴，被大地握在手上，这是这世上最无法言传的美妙等待，等待神秘的天来擦亮它。

这是天坛内最宏伟、最华丽的建筑，也是想象中离天最近的地方。

祈年殿又像一支待燃的火箭，一直在瞄准着某颗寂静的心扉，准备发射巨大的激情去打动它。

祈年殿还像一个恋爱着的青春少女，伸出健康有力的臂膀，呼唤着一个甜甜的吻。美丽和神秘，让它周身洋溢一种生命般的真诚感动。

祈年殿更像手握一大包形形色色礼品的纯真少年，四处散发着他的欢乐和祝福……

祈年殿的上下三层屋顶，均用深蓝色琉璃瓦铺盖，象征天色。大殿内有28根楠木巨柱支持整个建筑，中间4根最粗壮，象征一年四季；周围24根又分为两圈，内圈12根，象征一年12个月，外圈12根，象征一天12个时辰；24根合起来，又象征中国历法中一年的24个节气。站在殿内，仰视室顶，气势恢宏，色彩艳丽，其感染力令人驰魂宕魄。美国奥兰多的"迪士尼世界"，有一个中国馆，就仿造了祈年殿作为中国的标志。

祈年殿的南方，隔着皇穹宇，遥遥相对，有一座圜丘坛，坛呈圆形，高约5米，上层直径约23米。坛中心是一块圆石，名"天心石"。外铺9圈扇形石板，最中心一圈为9块，然后按9的倍数增加，第9圈共有81块。当年皇帝们就站在圆坛的中心虔诚地祭祀苍天。到天心石上叫一声，会听到从地层深处传来的明亮而深沉的回响，这声音仿佛来自地心，又似乎来自天空。

在皇穹宇的四周有一道厚约0.9米的围墙，你站在一端贴着墙小声说话，站在另一端的人耳贴墙面就能听得异常清晰，并且还有立体声效果，这就是"回音壁"。

连接三大建筑的是一条南北长360米，东西宽30米的甬路，叫"丹陛桥"。此路南低北高，南北相差约2米。跨出祈年殿的大门，沿着当年帝王的足迹漫步桥上，松柏苍苍，门廊重重，越远越小，越小越远，纵目远眺，有一种从天上走下来的感觉。我不知道前边会有什么事情发生，但还是一个台阶一个台阶地走，一步一步续下我心路的下一段、下一段……

一段一段加起来，便是真的人生了吧。一直走下来，才意识到一种悄悄走近的东西。那些台阶，曾经刀口般留在历史的记忆里。现在走上这些台阶，战栗的皱纹一样的台阶，走下去，还能听见一声声叹息，从前头的日子飘过来。

空气中弥漫着淡淡的苦涩。旧的，新的。外面的，里面的。

还有一条该走的路，和一个时光的背影。

还有无人相送的风。

在天的祭坛前面，人就像一粒飞尘，不知道什么时候老天爷一个喷嚏，就会随之飘然而起，被抛到不知名的远方。中国的皇帝号称"天子"，也就是"天的儿子"。在天威面前，我们人类为什么总是像婴孩这样幼稚渺小？

除"天"之外，中国皇帝还有许多神祇需要祭祀，包括地神、水神、农业神、军事神、社会神、宗教神、市民神以及自己的祖宗牌位。皇家的祭祀建筑遍及京城各地，成为北京的一道奇特风景。今日天安门东侧的劳动人民文化宫，是皇帝祭祖的地方，西侧的中山公园，是祭祀丰收神的所在。整个北京城里，北有地坛祭地，南有天坛祭天，东有日坛祭太阳，西有月坛祭月亮，其中的天坛最为光彩夺目、气宇非凡。

天坛把自己铺在大地上，就像铺开一张精心绘制的中国画。不知为什么皇帝那么敬畏天，把所有的美丽都堆积在天的面前，远方的树浪被风儿推开，又被风儿合拢，但是我无法看清风底下的秘密。当我走下祈年殿台阶，泪就下来了，这样畅快而又这样莫名其妙地，就这么，下来了。

金碧辉煌的琉璃很庄严，挺胸腆肚的红墙很威武，夕阳将要熄灭的时候，我的手从一个斑驳的梦里伸出来，向着祈年殿不停地挥动，希望它能拨开灰烬似的晚霞，重新点燃那蓬生命的天火。

我一个人，还有我的摇摇晃晃的影子，在丹陛桥上徜徉。我不知我要说什么，又要去做什么，只有一片朦胧的淡淡浮云，成了我复杂情绪的最美丽的背景……此时有工作人员在喊："闭园了。闭园了。"

东交民巷杂感

据传当年的山东军阀韩复榘，有一次挺胸凸肚出现在齐鲁大学校庆演讲台上，说："有件事，兄弟我想不通：外国人都在北京的东交民巷建了大使馆，就缺我们中国的。我们中国为什么不在那儿也建个大使馆？说来说去，中国人真是太软弱了！"

这当然是个笑话，却也由东交民巷，折射出一份"慷慨激昂"的可笑和狭隘。

东交民巷曾经是著名的使馆区，位于天安门广场毛主席纪念堂东侧，是一条东西方向的大街。跟它相对的，还有一条西交民巷。清朝以前，这里的两个"巷"，是统一叫江米巷的。这称呼的起源，要追溯到元朝。那时，北京的皇城外边有一条水道，南方的江米（北京人的说法，即糯米）每逢成熟季节，都要经此上贡到北京。运送贡米的船只沿着江河进入北京皇城外的水道，卸米的码头就在一条胡同口上，转运江米的这条胡同，以后就被北京挑夫称为江米巷了。

这里曾经是明、清两代"五部六府"所在地。清乾隆、嘉庆时期曾设有"迎宾馆"供外国使臣临时居住，分为高丽馆、蒙古馆、安南馆等。另外还有许多混合式馆舍，供没有专馆的外国人使用。

1860年，英国人借着英法联军火烧圆明园的余威，选中了东交民巷最豪华的梁公府作为自己的使馆。法国人当然也不甘落后，还未等正式的外交人员到达，法军指挥官就先把肃王府占了下来。后来又几经商议，才勉强迁到了纯王府落脚。当时纯王府的主人正在东陵视事，家眷仍在府内。但朝廷的命令下达之后，纯王府也不得不改换门庭，成了法国领事馆。此后，俄国、美国、西班牙、意大利、荷兰、德国、日本等国的外交人员，也统统迁了进来。

1900年，义和团运动爆发。慈禧太后请义和团开进北京城，亲自召见了他们的大师兄曹福田。曹福田向老太后保证，他的法术刀枪不入，可以把天下洋人统统杀光。

其实刀枪不入的法术，还是可以验证的。比如当时朝廷上就有人提出：用子弹射击一位念过咒的义和团员的耳朵，试试他的刀枪不入之法。但是在御前会议上，权势极重的载漪大人却极力反对进行这种验证。他大声驳斥说："这正是丧失民心的第一良法。"

1900年6月，英国、美国、意大利、德国、法国、日本、奥匈帝国、俄国，共八个国家组成的八国联军，在天津大沽港登陆，进犯京津。"北京之惨状，已臻其极。前门外大栅栏及东交民巷、西什库等处，只是残砖破壁……独各国之兵士，恃威横行……惨风凄雨，流血斑地，尸骨委于鹰犬，万骨枯而何人凭吊。"这段惨不忍睹的描写，是1900年一位日本记者目睹了八国联军入侵北京烧杀抢劫后记下来的。这一年的8月14日，八国联军攻入北京，北京城历史上最大的浩劫开始了……

了解中国近代史的朋友就知道，李鸿章与庆亲王奕劻代表清政府，和11国签订《辛丑条约》，东交民巷被划为使馆区，由外国人独立管理，中国人不得随意入内，更不得居留。东交民巷改名使馆大街，东长安街改名意大利街，台基厂头条胡同改名赫德路……清末的大学士徐桐就住在这地界，他对此深为不满，在家门口贴了一副自撰的对联，联曰："望洋兴叹，与鬼为邻。"

英国兵营在东交民巷占地最大，位置最险要。它建在长安街路南、兵部街以东、御河桥以西，其北墙斜对面就是紫禁城。英国兵营北面界墙上的炮台、枪眼正对着天安门和太庙。清人曾有一首诗写出了人们的愤慨："长安门外御河桥，轿马纷驰事早朝。不料皇居冠盖地，炮台高筑欲凌霄。"这里当年不仅有炮台，而且还有高达6米的围墙。

1927年，蒋介石在南京成立国民政府，各国使馆也跟着纷纷南迁，但洋人仍留一部分在东交民巷。直到1949年中华人民共和国成立之后，在建国门附近重新划定了一片使馆区，东交民巷才结束了它的外交使命。

东交民巷是老北京唯一一处洋房林立的特色街巷。街道两边西洋建筑风格各异、错落有致，现有著名的六国饭店旧址、法国使馆旧址、法国邮政局旧址、东方汇理银行旧址、花旗银行旧址、圣米厄尔教堂。这些历经光阴淘洗的庞然大物，集中了近代西洋建筑的精华，游走其间，令人平生几分复杂的思绪。

现在，到东交民巷还能看到"赫德路"路牌，还能看到部分界墙残段，还能看到英国兵营马厩内的拴马铁环，还能看到德国兵营内的地下牢房……"1992年此地定为爱国主义教育基地"的木牌在小街的灰墙上高挂。到北京旅游的话，倘若有时间，还是应该到这个著名的街巷来看一看。

看什么呢？看看那些光阴的碎片吧。

一些旧日的残迹，静静地留在东交民巷路旁，宛若历史留下的散碎的骨骼。走进这里，可以咀嚼到空气中到处弥漫的那种历史的味道，或者说是时间的味道。尽管那种味道很辛酸，但是出得巷来，轻轻地伸一伸懒腰，仿佛抖落了一身历史的烟尘。此般感觉，既有一种释然，又带着几分沉重……

定陵：长明灯祭

　　明朝在位最久的万历皇帝，和他的两个皇后一起安葬在定陵。这定陵从万历皇帝22岁的时候开始建，一直到他28岁的时候才建成，据说用了800万两银子，工程质量极佳。

　　地宫深处，"品"字形的三个汉白玉石宝座前，各放置了一口青花云龙大瓷缸，缸内满置香油，油中飘一根长芯，浮一柄铜瓢。铜瓢和灯芯有铜管与油相通，点燃那长芯，地宫里就亮了起来——这就是"长明灯"。可能皇帝的魂灵也是怕黑的，所以在有生之年，皇帝就幻想着能把光明永远埋藏在这27米深的地下，千年万年地亮下去，陪伴着他黑暗的灵魂。

万历皇帝归天之后，悼词上有"范天合道，哲肃敦简，光文章武，安仁止孝，显皇帝"的荣誉称号，算是很风光的高度评价了。不过，随他一起长眠的这两位皇后，并不是他心爱的女人。其中的孝端皇后一直是他不喜欢的，而另一位孝靖皇后的位分更加低下，只是她的儿子朱常洛后来做了一个月的皇帝，所以另一位天启皇帝就追封她为皇太后，迁她的遗骨过来，硬跟万历葬在一起。而万历皇帝自己最心爱的一个女人，那位万历皇帝曾经为了她而28年不理朝政的郑氏，却永远跟万历皇帝分开来，后来葬在了另外一个地方。

皇帝，也有无奈的时候啊。这无奈，在那长明灯的摇曳的光芒照耀下，成了永远的寂寞。这缸，就像圆睁着的一只只泪眼，静静地打量着这个黑暗而神秘的所在。

伴随着门柱吱吱扭扭的叹息，那七座汉白玉门接次关了起来。石门雕刻着九九八十一个乳状门钉，重约四吨。每扇门靠枢柱一边，既重且厚，向外则渐薄，这样可使重心偏向门轴。看上去很笨重的大门，开闭却很灵活。等到关门之后，有一个自来石"吧嗒"一声，从里面把门顶住，外面的人就进不去了。

这自来石的原理十分工巧，但却难不住简陋的"拐钉钥匙"。考古发掘人员把一根一米来长的8号铁丝弯成半圆形，立着从石门缝里送进去，再转过来，套住顶门石的腰部，然后把门外多余的铁丝用手弯，边弯边送。这样慢慢地，铁丝圈的那个头就转回来了，形成了一个完整的铁丝圈。不费多大劲，就把这自来石拨开了。

又是吱吱扭扭的一阵叹息，石门关了337年之后，重新打开了。那青花云龙瓷缸还光洁如新，只是里面的香油已经凝成了油脂。地宫里仅有的氧气消耗完了之后，那长明灯早早地就熄灭了。在这里陪伴皇帝的不是光明，而只是那积攒了三个世纪的陈腐的厚重的黑暗。

后来又过了不到十年，等到这黑暗再次被打破的时候，"文革"的风暴又刮过来了。

沸腾的人群从地宫外面，找来了几把破旧笤帚，忽地一下就拥了进来。

因为定陵地宫发掘之后，这长明灯的青花大瓷缸和缸中的油料仍放在原处，所以，就给造反的人们点火照明提供了方便。他们顺手就把笤帚插进了宝座前的长明灯里，将缸中的油料沾在笤帚上点燃，然后，长明灯就分身成十几支火把，重新打量这个熟悉而又令人困惑的世界。地宫，再次亮起来了。

宝座掀翻，如同一堆白骨，零七碎八地横躺在刺目的光芒里。这场面，真是令人唏嘘。

传说，万历临终曾经梦见一个红脸、红发、

红穿戴的神仙。那神仙说："我奉上天之命来惩罚你，要把你那定陵烧个一干二净！"万历不信，说："要是将来烧了我的定陵，让我现在就瞎一只眼。"话音刚落，神仙就哈哈大笑着走了。万历醒来，一只左眼竟真的瞎了。从此，一病不起，没过几天就死了。等到他的遗体安葬完毕，有人发现，定陵石碑背面的右上角出现了一个碗口大的白痕，似满月，洁白晶莹。每逢阴历的初一和十五，这个白痕就发亮，而且能随朔望而圆缺，被称作"月亮碑"。传说这个白痕是万历的眼睛变的。

该碑是无字碑，碑首云龙交盘，游水戏珠，碑座是一个昂首远眺的石龟，下面有海水波纹。它现在还竖在定陵的前面，只是据说失了灵气，已经不再发亮了。

碑上这月痕，我倒常常将其想象成那长明灯的光焰。凝固住了，在岁月的风雨里。那美丽的梦想的灯光，那摇曳的可怜的忽闪在富贵荣华里的灯，掩藏不住自身的脆弱和局限。只要离开了普通的空气，就永远失去了光芒。哪里有什么长明的灯啊，哪里有那永远的光明啊。世事沧桑，永在流转。值得珍惜的，只在眼前。

去定陵看地宫，回来的路上，长明灯的影子总在我的脑子里闪烁着，不知怎么对它的印象竟如此深刻。

身边的街灯，一盏盏地亮了。小区里的万家灯火，也一盏盏地亮了。没有人说它们"长明"，但这平凡的光芒是真实的，不是虚幻的，辉映着我们真实的人间。

站到了鲁迅先生的门前

仿佛是在攀登，向着一个精神高峰的顶点。脚步不由自主地就缓慢和郑重起来。

仿佛听到一声轻咳，像春雷一样，从北京阜成门内西三条胡同的深处传来——我找到21号的所在，站到了鲁迅先生的门前。

以我的个人见解，看一千本关于鲁迅的大书，不如到这个有丰富故事和激情的老宅子里，来逗留半个小时。因为在这里，可以亲身领会鲁迅先生的体温和热度。冷傲的老建筑，处处透出一股苍劲和悲凉，可以细细拆解整个世界的夙夜惊叹，也可以谛听历史心音的潺潺脉动。

院内的两株丁香树，是先生亲手栽种的。据说这种树老百姓家都不栽，因为它象征着清苦，可先生却栽了它，并以此明志。

这里的房子，也都是鲁迅亲自设计改建的，是鲁迅在北京的第四处寓所，也是他在京的最后一处寓所，从1924年5月25日至1926年8月26日，他在这里共居住了两年零三个月。直到任厦门大学文科教授之后，他的夫人朱安仍留居在这里，陪伴着鲁迅的母亲。鲁母1943年去世后，朱安独自守护故居，直到1947年6月在这里去世。

现在这里还保持着原来的老样子。东西厢房分别是下房、储藏室和厨房。北房三间，是这个宅子主人的住屋。东屋是鲁迅母亲的住房，屋内有张大竹椅，据说是鲁迅先生经常来坐的。北房中间的一间，是全家人的餐厅。北房西间是朱安的住房。

三间北房后面接出一间仅有八平方米的斗室，

活像一条拖在后面的尾巴，因而被戏称为"老虎尾巴"。鲁迅自己唤它为"灰棚"，又因为那时有人说他是"学匪"，鲁迅也曾带讽刺意味地把这个"老虎尾巴"命名为"绿林书屋"。这就是鲁迅的工作室兼卧室了。在这间灰棚里，鲁迅写了与弟弟周作人分手后怀念亲情的《弟兄》，写了爱情幻灭的小说《伤逝》。鲁迅的《华盖集》《华盖集续编》《野草》等大作，都是在这里写成的。

"老虎尾巴"室内各种陈设均保持了鲁迅生活时的原样，仿佛还能闻到先生身上淡淡的烟味，仿佛还回响着先生爽朗火辣的笑声。茶几上放着一个坐在莲花上的石刺猬头，三屉桌前放着一张磨得发光的藤椅，书桌左角立着一盏不大的煤油灯。在宁静的夜晚，先生坐在煤油灯的光芒里，或手不释卷，或奋笔疾书。"后窗的玻璃上丁丁地响，还有许多小飞虫乱撞。"夜深了，有时还会响起"哇的一声，夜游的恶鸟飞过了"。

"老虎尾巴"西墙上，挂了一副引人注目的对联："望崦嵫而勿迫，恐鹈鴂之先鸣。"这是鲁迅先生集《离骚》句，特请一位教育部同事书写的。在鲁迅床上，有一对已经旧了的布面枕头，一个上面有"卧游"二字，一个上面有"安睡"二字。这是许广平亲手缝制的。可以说，这样一对枕头，见证了一段不平凡的爱情。

面对许广平的真挚和热烈，鲁迅说："异性，我是爱的，但我一向不敢，因为我自己明白各种缺点，深恐辱没了对手。"许广平却说："神未必这样想！"这是英国诗人勃朗宁写的一个爱情悲剧的诗歌中的一句。后来，鲁迅终于喊出了"我可以爱！"1926年8月26日，他离开这个"家"，与许广平一起南下，开始了一段新的生活。尽管许广平女士说他"彻头彻尾是一个日常见到的普通的平凡人"，但先生身上，毕竟有着许多异于常人的光芒在顽强地闪烁着。

到这样的屋子走一下，迎面仿佛吹来一股带着隐隐潮气的历史的气息，仿佛感受到似水光阴的那种柔软晶莹、琤琤玑玑的流动。仿佛自己是一条离开了很久的鱼，现在重新游回来，沐浴在先生的目光里，滋润焦渴，吸纳力量，蓄养生机。这是来瞻仰一位前辈作家的遗迹，还可以说是来复习中学语文的一份功课——语文课本中曾有鲁迅的一篇《秋夜》，首句说："在我的后园，可以看见墙外有两株树，一株是枣树，还有一株也是枣树。"那份"铁似的直刺着奇怪而高的天空"的凄凉和孤傲，一直深深地植根在我的心灵深处，至今仍很新鲜。仿佛我又回到了如诗如歌的中学时代，火一样的青春热血，突然都复活了，重新燃烧起来。那么遥远那么亲近的一股青春冲动，在车水马龙、万丈红尘中，幼稚地而又清晰地重新浮现出来……

这篇著名的《秋夜》，就是在"老虎尾巴"

写出来的。我今天到这里来，从"老虎尾巴"上，下载激情和血性……走了80多年，鲁迅在这里留下了一个伟岸高大的背影！从背后仰视他，我软弱敏感的心灵，仿佛忽然获得了无穷的精神能量。

毛泽东称赞鲁迅"在黑暗与暴力的进袭中，是一株独立支持的大树，不是向两旁偏倒的小草"，我想如果果真把鲁迅比喻成一株树的话，倒可以把他比作后园里的枣树。那枣树在漆黑夜色中的惨淡星光照映下，举着惊心动魄的枝叶，呈着孤傲的刺，令人心灵战栗，灵魂震惊。帮闲者们躲在远处的床上，撇着嘴角，对着他的方向指指点点，嘟嘟囔囔……他们站在永远正确的立场上，嘲笑着战士身上的伤疤。笑，就让他们笑去吧。那枣树的风骨，依然挺立着，身上的那些倔强的刺，仍然很硬。

鲁迅故居墙外边，现在仍有一株枣树，无精

打采地站在那里，重复着先生笔下的意境，但却透着一份舞台布景一样的矫饰，少了先生笔下的勃勃生气和铮铮气概。一问，果然是赝品。先生在《秋夜》中所讲的两株枣树，早已死去多时了，后人按照原来的格局补植了这株枣树，而且想再找一株，但一直没找到合适的，所以现在看到的枣树只有一株，而不是两株。

诗人李亚伟曾经讽刺某些学院里的教授和讲师"把鲁迅存进银行，吃利息"。眼下某些所谓的学者，谈起鲁迅来口沫横飞，头头是道，却也正如同园外复植的这株枣树，分享着先生的一份哀荣，苟且着一份虚假而空洞的生活。听他们在发黄的资料堆里说鲁迅，不如到这里来，现场想象一番先生唇边飘散的那股久违了的淡淡的烟草味道。这味道是真实的，久远的，也是亲切的。

鲁迅故居没有大窗户，而且全都是木格的窗棂。那细密的窗格子，就像先生睿智的深邃的目光一样，冷静地注望着我们这些熙熙攘攘的来访者。徜徉在这独具风姿的文化风景里，我庆幸时光尽管无情，却也居然留下来这么多记忆的底片，和这么多扇接近先生心灵的窗口。

鲁迅在《范爱农》中记录过范爱农的一句话："也许明天就收到一个电报，拆开来一看，是鲁迅来叫我的。"离开鲁迅故居的时候，我也默默地有了些胡思乱想："没准明天也会收到一条微信，打开来一看，是鲁迅来叫我的。"作为文坛后辈，没别的说的，我的意思是，还是向先生的精神高度看齐吧。

交给黄鹤楼的诗歌答卷

      .

盛唐时节的某一个春日，诗人李白登上湖北武昌的黄鹤楼远眺，只见灿烂的阳光静静地洒在长江上，江水泛着金色的波光，一路哗笑着悠然东去。浪花簇拥的鹦鹉洲上，长满了蓬勃的绿草，五颜六色的鲜花在绿草地上，争先恐后地盛开出一片盎然春光……

李白诗兴大发，准备提笔题壁，却忽然看到上面已经墨畅诗酣，早有了诗人崔颢的一首《黄鹤楼》：

    昔人已乘黄鹤去，此地空余黄鹤楼。

黄鹤一去不复返，白云千载空悠悠。

晴川历历汉阳树，芳草萋萋鹦鹉洲。

日暮乡关何处是，烟波江上使人愁。

崔颢，汴州（今河南开封）人，是唐玄宗开元十一年（723）的进士。这首诗生动描写了在黄鹤楼上欣赏的美景，同时又抒发了吊古和怀乡的双重情感，真挚深沉，妙手偶得，宛然天籁。

李白伫立了很久，反复诵读，觉得崔颢已经把自己看到的美景都写到了，也把自己想要表达的情感都抒发了出来，于是就打消了继续题诗的念头，只是在崔诗后面很谦恭地写上了这样两句话："眼前有景道不得，崔颢题诗在上头。"

崔颢的《黄鹤楼》写得不错，有了李白称赞的加持，名气就更大了。宋代诗评家严羽把这首诗评为"唐人七律第一"。前几年有学者带领课题组用大数据的方式统计分析，也推定这首诗为唐诗排行榜的榜首，可见其艺术成就之高。

不过李白虽然没有在黄鹤楼上题诗，却也留下了关于黄鹤楼的两首千古名诗。一是《黄鹤楼送孟浩然之广陵》："故人西辞黄鹤楼，烟花三月下扬州。孤帆远影碧空尽，惟见长江天际流。"一是《与史郎中钦听黄鹤楼上吹笛》："一为迁客去长沙，西望长安不见家。黄鹤楼中吹玉笛，江城五月落梅花。"这位谪仙人的歌声雄浑深沉，令人回味无穷。

从此之后，黄鹤楼就仿佛成了一个考试的题目，历代诗人来访都需要交出一份抒情的答卷。比如白居易来到这里赴了一次友人的宴会，随后依韵崔颢写下一首《卢侍御与崔评事为予于黄鹤楼置宴宴罢同望》：

江边黄鹤古时楼，劳置华筵待我游。

楚思森茫云水冷，商声清脆管弦秋。

白花浪溅头陀寺，红叶林笼鹦鹉洲。

总是平生未行处，醉来堪赏醒堪愁。

宋代的贺铸来到这里，也依韵崔颢写下一首《雪后同吴达夫慎献玉登黄鹤楼》：

岁律峥嵘腊尽头，风吹朔雪到南州。

三湖簸荡鲛鼍恐，七泽迷漫狐兔愁。

狂客定回青雀舫，猎儿初试皂貂裘。

江楼伏槛迎新霁，群玉峰前练带流。

明代的沈周来过，同样依韵崔颢写下一首《黄鹤楼》：

昔闻崔颢题诗处，今日始登黄鹤楼。

黄鹤已随人去远，楚江依旧水东流。

照人惟有古今月，极目深悲天地秋。

借问回仙旧时笛，不知吹破几番愁。

就连明代的医学家李时珍，也在这里依韵崔颢，留下一首《黄鹤楼怀古》：

当年控鹤访神州，独占荆南贳酒楼。
百尺倚楼吹玉笛，一生随地换金裘。
花翻笔底笼鹦鹉，星落杯中吸斗牛。
三万六千消不尽，翩然散发下沧洲。

再到了后来，诗人的答卷热情依然高涨。明末清初的李渔不再依韵崔颢，留下一首《登黄鹤楼》：

十年心醉此楼名，今日登临体较轻。
目眺神仙追去鹤，酒浇鹦鹉吊狂生。
莫嗟老大无休息，还喜中原少战争。

试倚危栏听逝水，至今犹作鼓鼙声。

清末黄侃到这里的时候，黄鹤楼已经被毁，他依然写下一首《登黄鹤楼故址》：

黄鹤何年复却回？飞楼今日早成灰！
长江毕竟东流去，词客曾经几辈来。
洲上三春芳草绿，笛中五月落梅哀。
虽无好句赓崔李，到此登临亦快哉。

代代诗人来答卷，各有感喟，各领风骚。极目远天，一脉诗情。横绝万里，连绵千古。原来千古黄鹤楼，已经静悄悄地变成了一座诗楼啊。

查阅资料得知，黄鹤楼的楼名由来，共有二说：一说是根据神话命名，传说有仙人曾在此楼乘鹤飞升；另一说则是根据地名黄鹄矶而来，该矶又名黄鹤矶，盖借山而名楼也。此楼始建于三国吴黄武二年（223），沧桑风雨，屡毁屡建，凡十余次之多。最后一次遭遇焚毁是在清光绪十年（1884），而直到1985年，黄鹤楼才再次横空出世，重新巍然屹立起来。登斯楼也，心远天宽，把酒凭栏，听玉笛梅花，问仙人黄鹤，若再读一读清代同治进士李联芳的一副对联，定然会顿生无限沧桑浩叹。联曰：

数千年胜迹，旷世传来，看凤凰孤屿，鹦鹉芳洲，黄鹤渔矶，晴川杰阁，好个春花秋月，只落得剩水残山，极目古今愁，是何时崔颢题诗，青莲搁笔。

一万里长江，几人淘尽，望汉口斜阳，洞庭远涨，潇湘夜雨，云梦朝霞，许多酒兴诗情，仅留下荒烟晚照，放怀天地窄，都付与笛声缥缈，鹤影蹁跹。

20世纪50年代末，诗人聂绀弩为长江大桥献诗，同样也没有错过为黄鹤楼交出抒情的答卷。他的一首《桥上有询黄鹤楼遗址不得而惆怅者》，也写得非常精彩：

> 黄鹤早冲白云去，破楼时引黑风来。
>
> 楼头春色传佳句，江上宏图费匠才。
>
> 万里桥兴天下小，千年楼死世夫哀。
>
> 桥楼代谢当狂乐，赠尔长江作酒杯。

1985年4月，76岁的诗人公木来访问重新开放的黄鹤楼，感叹"苍茫旷远，尽收眼底；万有环生，充溢胸怀"，挥笔写下一首《重建黄鹤楼于蛇山》：

> 极目登临面四维，宇之何迫宙何驰。
>
> 云横巫岭浮黄鹤，浪拍庐崖旋赤螭。

　　谁谓盈虚佴造化，端凭工巧塑雄奇。

　　长江向海抒灵感，大地朝天唱颂诗。

　　2015年秋，我也获得一份难得的机缘，由
《湖北日报》记者巴晓芳先生陪同一起登上黄鹤
楼。眼前奇景瑰丽，心头浮想翩然，随口吟出来
七言八句，也算是为黄鹤楼留下了一份自己的答
卷吧：

　　不复当年鹦鹉洲，大桥横跨大江流。

　　情牵一脉白云阁，风起八方黄鹤楼。

　　秋色直须今日好，春光未必古人稠。

　　江山代代开新境，看我题诗在后头。

　　我用手机把这首小诗发给巴晓芳先生，很快
就收到他的一首精彩和诗：

剩有芳名鹦鹉洲，波涛非复旧时流。

凭栏不坠青云志，把卷终怀黄鹤楼。

崔李谁缄天下口？蛇龟未卜古今稠。

不殊风景殊心境，自有新诗在后头。

当日同游的另一人是台湾成功大学华文部主任吴荣富教授。吴教授当日未曾吟诗，却也在黄鹤楼上留下了和善友好的温暖笑容，令人时时怀想。不意近来偶然上网读到巴晓芳先生的《悼台湾诗人吴荣富》，才知那次同登黄鹤楼之后的第三年，吴先生竟然已经驾鹤仙逝了。回忆同游之欢，更叹造化之无常。文末引用巴先生以下这首悼诗，寄托对远方同游的悲思，同时也为黄鹤楼留下一份另种方式的诗歌答卷吧：

诗人已乘黄鹤去，犹忆同登黄鹤楼。

跨海欣拿绀弩奖，凭栏漫说谪仙游。

情怀每寄飞扬墨，魂梦常萦漂泊舟。

几度回看君笔舞，斜阳一纸尽乡愁。

千斯坝听水

在北京西坝河南路与香河园西街交会的拐角，有一座北京市文物局设立的全国重点文物保护单位标志碑，上书"大运河——千斯坝遗址"几个大字。春日的暖阳洒在澄碧的坝河上，闪耀着金色的光芒。两岸缤纷，百花争美。金黄的迎春花，粉红的桃花，洁白的海棠花，一起倒映在清清的流水里，弹奏出一曲曲斑斓梦幻般的华彩乐章……

我站在千斯坝遗址，倾听流水遥远而又清凉的亲切诉说，心里翻卷着万千感慨。小孩子般活泼的流水牵着我的思绪，自由自在地唱着，跳着，吆喝着，欢腾着，在坝闸前掀起一朵朵淘气的雪浪花，然后携带着阳光，携带着解冻了的歌声，向着远方一路飞奔……

我听到流水声中回旋着"千斯""千斯""千斯"的呼唤。"千斯"是何意？我的心潮悠然上溯到遥远的先秦，上溯到《诗经》时代那些抒情的美好诗句。《小雅·甫田》中就有这样温馨的文字："乃求千斯仓，乃求万斯箱。黍稷稻粱，农夫之庆，报以介福，万寿无疆。"意思是说，快快筑起千座粮仓，快快造好万个车箱，把收下的粮食都装满，农夫们的日子喜庆洋洋，这是天赐的大福气啊，幸福的生活万年长。千斯坝的坝名，就是从这动人的《诗经》里流出来的。

我现在驻足的这片土地，曾经设有千斯坝，停泊万里船，曾经设有千斯仓，珍藏千古梦。无数的大船从南方运来沉甸甸的稻米、豆菽，运来丝绸和茶叶，运来瓷器和琉璃，运来温暖的问候和五彩的憧憬……一起卸在千斯坝，转运进光熙门内南侧的千斯仓。所谓"千斯""万斯"，承载的正是先民们对五谷丰登的热切祈望、对国泰民安的美好向往啊。

我听到流水潺潺，一遍遍深情诉说着一个响亮的名字："郭守敬、郭守敬、郭守敬……"郭守敬是元代的水利专家。他被元世祖指定为都水少监，后来又任迁都水监和工部郎中，做了许多兴修水利的大事，特别是在大都治水，疏通漕运，声名远播。而千斯坝遗址所在的这条坝河，正是郭先生在京城治水的辉煌起点。

遥想当年，意气风发的郭先生在此地信步，口中轻轻吐露出一串名字：千斯坝、常庆坝、郭村坝、西阳坝、郑村坝、王村坝、深沟坝……随后七坝陡然而起于阜通河上，并依序自西向东呈梯级一一排开，分段行舟，驳运过坝。有了这阜通七坝，阜通河也才有了这个"坝河"的美称，在漕粮运输的年代发挥了不可替代的重要作用。坝河的名字也一直沿用到今天，成为大家非常熟悉的一个老北京地名。

坝河是元代修建的第一条运粮河道，据《元史》记载："至元十六年（1279）开坝河，设坝夫户八千三百七十有七，车户五千七十，出车三百九十两。船户九百五十，出船一百九十艘。"可见当年投入了多么巨大的人力和物力。这条人工运河的主要支流，有北小河、亮马河、北土城沟等。主河道全长21.63千米，流域面积158.4平方千米。船夫1300余人，坝夫730余人，日运漕粮4600余石。即使算上结冰期停运的因素，年运输能力也在100万石上下。处在这一政治、经济和文化意义上的重要节点的千斯坝，是历史长河中的一个醒目符号，是滔滔大运河在京城画下的一个恢宏惊叹，也是古老的世界文化遗产为北京历史留下的嘹亮回响。古人奋斗和开拓的艰辛与智慧，为我们留下沧桑变迁的无尽怀想，同时也在这潺潺水声的流转中，澎湃到一代代后人的心间，传递在汗青史册的一页页赞叹里。

我在千斯坝听水，仿佛听到浪花在呼喊"大运河""大运河""大运河"……我知道，这坝河起源积水潭，沿着西高东低的阜通七坝一路奔腾，过和平里、酒仙桥、西坝村、东坝，至沙窝村，徐徐注入温榆河，悠悠接汇北运河，从而连入京杭大运河的宏阔水系。我耳边仿佛有无数的美丽浪花在深情歌唱。那会讲故事的流水，向我讲述杭州的梅花、洛阳的牡丹、齐鲁的豆花和燕赵的棉花……五彩缤纷的甜蜜歌声，在天地间回旋和飘荡。我心里奔涌着1800千米的骀荡春风，串联起钱塘江、长江、淮河、黄河、海河的壮阔波浪。我在古老的千斯坝跂足沉思，举首而望：我们的美丽中国，自北而南，到处都是好风光，令人陶醉，令心流连。

水有荣枯，代有兴衰，功被百姓，其名则不朽。我沿着坝河行走，就如同漫步在色彩斑斓的诗歌意境里。眼前浮现着烟云旧迹、叱咤风雷和风云故事。七百多年的流光逝水啊，如今跃动的，还是灿烂奔放的青春节拍，其中回旋着澄澈的感叹和沧桑的沉思。我侧耳倾听千斯坝的水声潺潺，遥想当年烟波浩渺、漕船密布的盛景。一带清流如同动态的流年画卷，铺展开一道可听、可观、可触、可爱的时间屐痕。我在这水声中放飞一朵朵迤逦的遐想，让它们像小鸟一样，沿着美丽的大运河岸，向着江南的方向欢乐地飞翔。

我在千斯坝听水，仿佛听到浪花在呼喊"开拓""开拓""开拓"……我知道，坝河也有过漫长的辛酸回忆。其实到了明清时期，这条河就因为没有水源而湮没了。我们今天看到的水波潋滟的盛景，是根据水文历史考证，在2006年重新建设疏浚而成的。古老的千斯坝带着历史的仆仆风尘重新出现在世人面前，依然是不懈奋进的奔腾姿态，有着振奋人心的全新面目。千斯坝是历史，衔接的则是未来。今天的潺潺坝河水，依然回旋着开拓进取的心灵旋律，高唱着蓬勃昂扬的时代乐章。

　　我每天上下班，都会从这千斯坝前走过。有一次留心数了一下，从千斯坝遗址到我工作的报社，只有三百步的距离，而这中间相隔着的，却是七百多年的漫长流光。一有空闲的时间，我就喜欢立在千斯坝前，醉心倾听坝下的那些浪漫的水声。那悠悠浪波诉说着沧桑的记忆，更诉说着年轻的祝福和美好的向往……

天安门：灿烂的歌谣

　　小时候，天安门在我心中是一个日夜放着光芒的地方，是一个神圣得高不可攀的地方。它常常出现在我的梦里，威严而神圣，缭绕着五彩的祥云。那时常唱的一首灿烂的歌谣就是："我爱北京天安门，天安门上太阳升。"新中国第一面五星红旗就是从这里冉冉升起的。1949年10月1日，毛泽东主席在这里庄严宣告了中华人民共和国的成立，并亲自升起了第一面五星红旗，那红旗乘着金色的秋风扇动着鲜艳的翅膀，就像是天安门那饱经沧桑的脸上露出的一抹绯红的微笑。

　　天安门确实称得上是饱经沧桑了。人们在

这里喊过"吾皇万岁"，呼唤过"德先生、赛先生"，唱过"把我们的血肉，筑成我们新的长城"，高喊过"打倒四人帮"，朗诵过"欲悲闻鬼叫，我哭豺狼笑，洒泪祭雄杰，扬眉剑出鞘"……这里的每一个平常的角落，都回荡着历史的足音，这里的每一个平凡的日子，都联系着时代的风云啊。巍峨的天安门城楼，在全国人民心中的分量是很重很重的啊！

天安门城楼始建于明永乐十五年（1417），那时叫承天门，寓意就是奉天承运、受命于天。刚开始只是五座木牌坊，后来改建成九开间门楼。清顺治八年（1651），清世祖福临重新修建这座城楼，才改为现在这个名字。它有汉白玉石的须弥座，高大而色彩浓郁的墙台，上有两层重檐大楼，东西九间，南北五间，象征皇权的"九五之尊"。在晴朗的天空下，城楼上那黄色的琉璃瓦闪耀着神秘的光辉，而朱红的柱子和城台，映衬着白色的华表、石栏杆、石狮子和金水桥，显得格外威严和壮丽。但是，它近35米的高度，如今在周围许多摩天大楼的对比之下，再也不是高不可攀的了。历史是凝滞的，而现实是鲜活的。北京城已经在世界惊异的目光中，渐渐地拔节，悄悄地舒展筋骨，慢慢地长高长胖了起来。

从神话的云雾里降落到坚实的土地上，天安门静静地放松紧绷着的神经，抹掉满脸的疲惫和深深的皱纹，改变一下严肃的表情，居然更多了一些亲切自然的人情味儿，焕发出一种动人的时代气息。天安门前的金水河里，彩色的喷泉仿佛彩色的鲜花，开了又闭，闭了又开，河上的玉带桥像是天安门伸出的臂膀，拥抱着天南地北的各种肤色的朋友们。据说天安门城台下面中间最大的那阙券门位于北京城的中轴线上，过去只有皇帝才可以由此出入哩。清王朝灭亡之前，除了皇亲贵族，老百姓是不准从这里经过的。它最大的用途，是国家有大庆典（如皇帝登基、册立皇后、金殿传胪、招贤取士）时在此举行"颁诏"仪式。天安门前的金水桥，更是等级制的形象体现：中间的一座雕着蟠龙柱头的桥面，只许皇帝一人通过，叫"御路桥"；左右两座雕有荷花柱头的桥面，只许亲王通过，叫"王公桥"；再两边的，只许三品以上的文武大臣通过，叫"品级桥"；最靠边的普通浮雕石桥，才是四品以下官吏和兵士走的，叫"公生桥"。而今我们昂首挺胸在这里自由地出出入入，东瞧西看，心中充满了感想和慨叹：骀荡春风今又是，换了人间喽！

记得那是20世纪90年代末，当时花15元人民币，排一会儿队，就可以踏着红地毯，沿着台阶登上天安门。过去神圣的天安门，如今我竟真实地登上来了。数数城楼上那60根高耸的巨柱，瞧瞧那盏重450千克的巨型宫灯，摸摸那些精致的菱花格扇门，敲敲那些一平如砥的金砖，我在心里自豪地喊了一遍又一遍："我登上了天安门，我登上了天安门，我登上了天安门！"站在城楼上，放眼望去，就是当时世界上最大的广场——天安门广场。这广场南北长880米，东西宽500米，面积达44万平方米，可容纳100万人集会。人民英雄纪念碑屹立在广场的中央；中国国家博物馆和人民大会堂在广场的东西两侧遥遥相对；毛主席纪念堂和正阳门城楼矗立在广场的南部。庄严的布局、磅礴的气势，令人惊叹不已。

按照中国的传统思想，纪念碑应坐北朝南，但人民英雄纪念碑却是坐南朝北，面向天安门，面向长安街，所以站在天安门城楼上，我们首先看到的是纪念碑上那两个顶天立地的闪光大字——人民。来到城台前的栏杆旁边，向着辽阔的广场招一招手，仿佛自己也在一瞬间有了"指点江山，激扬文字"的万丈豪情，仿佛自己也有了"冷眼向洋看世界，热风吹雨洒江天"的云水襟怀。尽管我只不过是一个普通的游人，但是作为登上了天安门的青春中国人，我发现自己有许多话要对历史说，要对现实说，要对未来说。

在心中的天安门是神圣的，庄严的，是永远伟大的。在脚下作为旅游景点的天安门是真实的，亲切的，意味深长的。天安门城楼上悬挂着中华人民共和国的国徽。天安门已成为中国的象征，是全国各族人民牵挂的地方。过去的天安门是皇帝的，是大人物们的，如今的天安门是咱们自己的，是和咱们息息相通、血脉相连的。天安门，天安门，咱们的天安门。脚下是炎黄厚土，头顶是时代风云。万水千山都是爱，一砖一瓦格外亲。阅尽了人间沧桑，沐浴着雨露甘霖，大红灯笼高高挂，八面来风长精神。系着咱的思念，连着咱的心，肩着咱的责任，敞开咱的胸襟……新中国的历史，从这里掀开新的一页。

柏林寺里看流年

2022年12月15日，我参加文化和旅游部一个项目评审活动，再次走进北京市戏楼胡同1号的柏林寺。二十多年前，我曾经在这里工作过。从中院西廊庑的平房由南往北数到第三个，就是我当年的办公室。房门紧闭，垂着一层厚厚的红色门帘。眼前——浮现着当年那些青春场景和生动细节，忍不住就在门前停了下来。小立片刻，隔着岁月风烟回望前尘往事，心里颇有一番流年感慨。

柏林寺目前没有对外开放，于人间烟火的胡同深处，默守着一方珍贵的静谧和恬淡。举目四望，殿宇依然，墙院依然，只地面比当年更干净，古树们似乎也比当年更高大了一些。沿着西侧的甬路往后院漫步，顶头处左拐进入西跨院，再右转就是我们这次进行评审工作的场所——方丈院。我注意到，当年摇曳多姿的两丛翠竹，现在已经不见了。那些竹叶，也如同飘落的岁月，纷纷然隐入年代深处去了。

柏林寺位于雍和宫的东侧，它的光彩好像一直被名头更响亮的雍和宫遮蔽着。人们从雍和宫旁边的胡同穿进来，左拐右绕，才能勉强寻到柏林寺低调又淡然的简陋侧门。柏林寺原来也有过高大的山门，只是这山门已被长长的墙壁砌实了，人们都是从西侧墙边打开的侧门进进出出。

史料记载，柏林寺始建于元至正七年（1347），是当年的"内八刹"（柏林寺、贤良寺、广济寺、广化寺、嘉兴寺、拈花寺、法源寺、龙泉寺）之一。这个建筑时间，比刘秉忠、也黑迭儿、郭守敬等人开始兴建元大都新宫殿和都城的至元四年（1267）晚了几十年，但比明清时期的帝都北京而言，还是早了不少，所以老北京人才说"先有柏林寺，后有北京城"。可见貌不惊人的柏林寺，有着多么深远的资历和阅历啊。

这里曾经是一片柏树林，绵延有十里之遥，寺庙因此得名柏林寺。万木迎风，沧桑一瞬，葳蕤已不再。现在的柏林寺有古柏、古槐、古松、古银杏，饱历了岁月的磨洗，俱是零零星星，茕茕独立，已经没有成林的气象了。据说古树之中有一株奇异的幸运树——七叶槐，上面的树叶七片成束，簇作一只只翩翩的绿色蝴蝶，迎风曼舞。不过时值初冬，落木萧萧，找不出哪一棵是传说中的蝴蝶槐。不过想象一下那美妙的绿色舞蹈，心里也似乎有缕缕和风在飘然拂动。

入寺后的建筑格局很简单，就是中路的四进殿宇，依次是天王殿，大雄宝殿（正殿），无量佛殿和维摩阁（又名大悲坛）。现在在柏林寺能够看到的最明显的岁月印记，主要就是古树、古碑和这四进古老殿宇。其实在明清时期，这里的建筑规模很宏阔，香火也很兴盛，明代时分为南柏林寺和北柏林寺。北柏林寺后来湮没了，只剩下南柏林寺，人们称呼中才把"南"字渐渐省略掉了。今日寺中所见，多为清代康熙、乾隆年间的历史遗存。乾隆帝修缮柏林寺之后，曾经特意写过一首《柏林寺拈香》："柏林古刹炳长安，岁久榱题惜废残。况是近邻跃龙邸，特教重焕散花坛。彩衣随喜思依怙，萱祉延禧合施檀。佛法故当忘一切，于斯云忘我诚难。"乾隆这首诗是为怀念他的父亲雍正而写的。他一生留诗四万余首。经常有人讽刺他留诗虽多，却没一首能看的。可是如此嘲笑乾隆的现代人，其实并不一定认真读过他的作品。乾隆的诗作有概念化、说教化的毛病，但也不宜一概否定。比如在柏林寺写的这首七律就满含深挚情味和斐然文采，体现了厚重的底蕴和不俗的功力，颇耐咀嚼。

参加完严肃认真的项目评审工作，其他评委都飘然离去了。我自己留下来，还想带着回忆再深情地徜徉一番，特别是在大雄宝殿前的中院，我停留的时间，要更久一些。这里还保留两通高大的清代石碑，用汉文、满文记述着柏林寺的修缮和沿革情况。为了保护文物，周围圈有四方形的铁栏，石碑碑文现在也用特殊技术覆盖保护了起来，乍看只是两块平面的无字碑石。碑旁有一株三百年的桧柏，静静和我进行了一番神秘的灵魂对话。它紧紧拥抱着流年，送出心中所有的碧绿。尽管无法改变季节轮替，却依然坚定地站在风雨流年中，彰显着生命的美丽和尊严。因为我喜欢它，所以暗暗提醒自己也要努力像它一样，根不移，叶不凋，平和地体验岁月炎凉，风云变幻，不让浮躁的红尘迷乱眼底这些禅意和诗意、心底这些葳蕤和缤纷。

　　柏林寺原有康熙年间铸造的交龙纽大铜钟，周身刻满经文，后来移交到大钟寺古钟博物馆了。寺内曾存一套清朝御制龙藏经版，选用梨木雕造，以千字文编号，共7240卷，78230块（原79036块），后来移交到房山的云居寺了。寺里过去还有过一些佛像木雕以及一些皇帝题匾和楹联，题匾上书有"摩尼宝所""法苑金汤""善狮子吼""觉行俱圆""祥轮永驻""宝相庄严""摄诸禅定"等，楹联则有"座上莲花前后果，庭中柏子去来心"和"近华鬘云边，慧心常照；入旃檀林里，香界俱清"等。我在心底默念着古人留下来的文字，细细体味，颇觉畅快。无言的建筑有了这些记忆中的匾额、楹联，仿佛也就有了不俗的气韵，连平凡的砖瓦好像也都在焕发着明丽的光芒。可是蓦然回首，那铜钟，那龙藏经版，那佛像和古匾古联，其实大多都已经不在这里了。只是这些幸存的建筑带着高大的影子，默默陪伴在左右，心里难免浮起些空空荡荡的怅惘茫然之情。

不经意间，月亮悄悄升上了东天。睁着圆圆的眼睛，无声地注望着浮世。忽而有两只大猫，一黄一白，在天王殿的后门台阶上跳跃着奔过来，好像在和我打着招呼，又好像是在期待着我的回应。它们仿佛是从光阴深处穿越而来似的，可爱的眸子里闪烁着柏林寺特有的神秘想象和生命热忱。正是有了这份神秘想象和生命热忱，才有了鲜活和生动，有了记忆，有了蓬勃和活泼。

遥想流光，继而又是喟然一叹。我在这里上班时忙忙碌碌，竟然没有仔细打量过这古寺里的流年碎影和沧桑故事。倘或闲坐庭前笑赏云起云消，或者携书一卷懒懒坐在凉荫咏花开花谢，然后与那些隔世的金碧辉煌促膝交谈，应该会留下更多的深情牵挂。不过想一想，自己曾在漫不经心之间，就把足迹留在这么美好的地方，让这古寺收藏一小段温暖的生命，又是何其有幸啊。

无法把流逝的光阴一一找寻回来，无法把人生细节再重新仔细地一一打磨还原，但是我们可以把目光洒向更深沉更广阔的远方，让心田上的七叶槐更加苍碧挺拔、郁郁葱葱，还可以像那围绕身边的浪漫晚风，与岁月一起携手飘然同行，且平且仄，且珍且惜……

驻足间的每一寸生命，都不是为了在焦虑和叹息中去伤感的。蓦然回首时的心灵感悟，也总是年代越久而越加芬芳和醇美……昨天的月亮到今天来看，依然不改那份皎洁和明澈。昨天的柏林寺到今天来看，虽然已经不再香火鼎盛、规模宏阔，却像檐头悬挂的那轮低调的月亮，或许外表沉默着，内心深处总有不灭的光。

说说国子监

从北京安定门往南不远，有一条很古老的国子监街。四座完整的过街牌楼，金碧辉煌，至今还耸立在这条不算太宽的街上，远远地，就能看见牌楼上的斗大蓝底金字。东、西口的两个牌楼上写着"成贤街"。再往里不远的两个牌楼上，写的字则换成了"国子监"。这两个街心牌楼的中间，当然就是著名的国子监了。

坐北朝南的国子监，在古代的地位大约相当于今天的清华、北大，是元、明、清三代的国家最高学府。校长叫"祭酒"，校长助理叫"司业"，教务长叫"监丞"，总务长叫"典簿"，学生叫"监生"，学员宿舍称"号"，毕业证叫"监照"。明朝的时候，在南京的国子监称为"南监"，北京的国子监又称"北监"。一个"监"字，听起来格外严厉和刻板，有点把学生们统统"监"起来的感觉，缺少了"兼容并包、思想自由"的现代学术氛围。

　　进入太学门，即可见到一座气势很大的琉璃牌坊，南面的题字是"圜桥教泽"，北面的题字是"学海节观"，据说都是乾隆的御笔。东西两廊各有房三十三间，设监内六堂：东为率性、诚心、崇志，西为广业、正义、修道。国子监的学生平时就在这六堂之中上课。正义、崇志、广业是初级班，修道、诚心是中级班，率性是高级班。六堂往北，东西两面各有两厅：东为典簿、绳愆，西为典籍、博士。绳愆厅是纠正过失、惩戒学生的地方，令人望而生畏。国子监的学规有多么严厉？倘若听听明太祖训示太学生的敕谕，或许你的心中就会产生一份惶惑。明太祖在圣旨中说，祭酒"定的学规，恁每当依著行。敢有抗拒不服，撒泼皮，违犯学规的，若祭酒来奏著惩呵，都不饶！全家发向烟瘴地面去，或充军，或充吏……今后学规严紧，若有无籍之徒，敢有似前贴没头帖子，诽谤师长的……将那犯人凌迟了，枭令在监前，全家抄没，人口发往烟瘴地面。钦此！"

这段话基本上是白话，并不难懂。对于严重违反学规的人，除了体罚，除了凌迟，甚至连全家都要受到连累。这段谆谆"教导"，后来刻成碑文，竖立在国子监里，现在还能见到。这时候的国子监与其说是一所高级学府，不如说更像一所管理制度严明的学监。这样的严管之下，培养出来的肯定都是温驯的绵羊，绝不会是啸傲河山的猛虎雄狮。这同时也可以解释为什么国子监的规矩这样严厉，学生们这样刻苦，而从这国子监里出来的人才，在历史上却寥若晨星……而到了长篇讽刺小说《儒林外史》的作者吴敬梓笔下，监生们就更是成了一个个酸辣的笑料了。

国子监的监生，也被称为太学生。据明史记载："入国学者，通谓之监生。举人曰举监，生员曰贡监，品官子弟曰荫监，捐赀曰例监……"也就是说，明代监生分为举监、贡监、荫监、例监四种。举监是由翰林院择优录取的会试不第的举人，贡监是由地方学校保送的，荫监是有各种"加分"的官员子弟，例监是指捐献了钱财的自费生。监生毕业后即有资格进入仕途。另外还有一种特殊的去处，是调到朝廷里的专设机构去担任专业誊抄。明朝《永乐大典》、清朝《四库全书》的许多"馆阁体"的抄本，就是出自国子监监生的手笔。

国子监中心的建筑叫辟雍，是个美丽的、独特的建筑。辟雍按照古人的说法是："辟，明；雍，和也。所以明和天下也。"这也就是说，辟雍的本义是"明"与"和"的意思。其实就是在平地上开出一个正圆的池子，当中留出一块四四方方的陆地，上面盖起一座四四方方的大殿，上面搭起一个金光灿灿的大顶子。这样的建筑造型，也有一些象征意义："辟者，璧也，象璧圆，又以法天，于雍水侧，象教化流行也。"也就是说，这圆池方殿寄托的是"圆而像天，于阳德之施行，取流无极，使学者进德而不已"的寓意。不过辟雍殿四边的池子里，其实整年都是干的，只有在夏天大雨之后，各处的雨水一齐汇流到这里面来，才算有了一点湿润的感觉。可这水是混浊的死水，就像封建时代的教育制度一样。

没有源头活水，怎能有勃勃生机呢？辟雍的圆水池旁，高矗一棵主干呈罗锅状的古槐，上部向南倾斜，而且在主干北侧的罗锅部位还有很像用利器砍过的痕迹。人们呼其为"罗锅槐"。这棵古槐，倒像那被扭曲、被砍斫的一代代士子的灵魂。

出了辟雍，向北走，就看到一个石桥，桥上

挂满了表达心愿的红牌，写着"祝某某考上清华大学""祝某某考上北京大学"之类的心愿。举目一望，汉白玉的栏杆几乎挂满这样的红色小牌，像晾在太阳下的一颗颗祈福的心……这些小红牌在清风的吹送中，发出哗啦啦的声音，诉说着风一样自由的欢快和奔放。

我们报社过去曾经在雍和宫大街戏楼胡同的柏林寺办公，离国子监这里很近。我曾有一段时间，几乎天天从国子监门前走过。那时这里是首都图书馆的馆址，对外开放，可以随便进出。后来又有一段时间，我的孩子在国子监对面的学校读书，我也常常有机缘到这里走走。虽然那所学校并不是让家长们津津乐道的重点学校，但我还是常常自豪地说，我的孩子是从国子监中学毕业的。上溯历史，这是多么漫长的一条古老文脉啊。今昔对比，在自由自然、尊重个性的环境中接受教育的时代氛围，又是何其美好啊。

卢沟桥落成830周年小记

永定河上的卢沟桥，始建于金大定二十九年（1189），成于金明昌三年（1192），明正统九年（1444）重修，清康熙三十七年（1698）重建，是华北地区保存最完整的11孔联拱石桥，也是我国第一批全国重点文物保护单位。2022年恰为卢沟桥落成830周年。身边驰过悠悠的漫长时光，这座石桥横跨在滔滔永定河上，带着永定的美好寓意，昂首挺胸，笑傲沧桑。

早在13世纪，意大利旅行家马可·波罗先生就把卢沟桥的名声远播到了欧洲。想当年，这位"马先生"就是穿过卢沟桥进入北京城的。他在著名的《马可·波罗游记》中，极力称赞卢沟桥的魅力，说这座桥是"世界上最好的、独一无二的桥"。

今日去卢沟桥畔，在桥东头能够找到一座标志性的石碑，刻着"卢沟晓月"四个大字，是清代乾隆皇帝的御笔。这座石碑是一个网红打卡地，人们到访卢沟桥，都喜欢在这石碑前拍照留念。石碑的背面刻着乾隆皇帝的一首《卢沟晓月》：

> 茅店寒鸡咿喔鸣，曙光斜汉欲参横。
> 半钩留照三秋澹，一蛛分波夹镜明。
> 入定衲僧心共印，怀程客子影犹惊。
> 迩来每踏沟西道，触景那忘黯尔情。

"卢沟晓月"是"燕京八景"之一，非常著名。据说凌晨时分，在这座桥上凭栏远眺那杨柳岸晓风残月，如梦似幻，分外迷人。

卢沟桥的西头也有一座诗碑，刻着清代康熙皇帝的一首《察永定河》：

> 源从自马邑，溜转入桑干。
>
> 浑流推浊浪，平野变沙滩。
>
> 廿载为民害，一时奏效难。
>
> 岂辞宵旰苦，须治此河安。

永定河源自桑干河和洋河，当年的水色混浊乌黑。古人云"水黑曰卢"，所以也把这条河称作卢沟河。河上的石桥，就是从这个代表颜色的"卢"字而得名卢沟桥。有的人以为水边应多芦苇，所以把卢沟桥写为芦沟桥，其实是想当然了。

卢沟桥长266.5米，宽7.5米。桥两端入桥口分别建有石制华表一对，共四根，桥两侧建有坚固的汉白玉石栏，而这石桥栏上雕刻精美的石狮子，更是名闻天下。巧夺天工、神态各异的石狮，或静卧，或嬉戏，或张牙，或舞爪，一个个活灵活现，更有数量巨大的小狮子隐现其间，很不容易分辨，所以长期以来有"卢沟桥的狮子数不清"的说法。后来有人多次做过统计，有说这狮子有485个的，有说489个的，还有说是501个的。现存这些石狮除少量金元遗物，大多为明清所留，另外也有一些是现今修缮补缀的，所以逐年记载的狮子数目会略有出入。游人若有兴致，不妨亲临现场去数数看。

卢沟桥的风景确实很有特色，然而我和朋友们每逢提到这座石桥，首先想到的并不是这浪漫的晓月和精美的石狮，不是这些诗情画意、闲情逸致和名人古迹，而是那一场艰苦卓绝的全民族抗战。这段可歌可泣的苍凉记忆，就是从这卢沟桥边，从"卢沟桥事变"这个并不冷僻的历史名词，揭开了一页气壮山河的悲壮沧桑……

细心的人们，可能会注意到卢沟桥的桥墩迎

水的一面，是尖的。而在这墩尖的最前端，各安装着一根边长约26厘米的锐角朝外的三角铁柱，说是叫"斩龙剑"。这斩龙剑的名字起得是多么威风凛凛而又杀气腾腾啊。这卢沟桥，承载着一个民族的苦痛创伤和血泪记忆，有些腾腾的杀气，也是可以理解的。毕竟那是一场惨烈的血雨腥风啊。提起卢沟桥，再缠绵再优美的情思，也会自然而然地与那些刀光剑影联系到一起。

　　830年的逝水滔滔而去，现在这古桥确实已经有些疲倦了。两侧石雕护栏有的已经因为风雨侵蚀而虚弱到好像只要用手一碰，便会簌簌掉渣的程度。而今早已不允许在上面走车马了，但仍不时有人从四面八方赶过来，怀着激动的心情来看望它，瞻仰它，赞美它。也许，这其中并不是所有的人都是为了凭吊那历史的伤口，然而，那历史的伤口毕竟已经融入了我们民族的集体情感，即使愈合了，那伤痕依然还在。永远记住那段刻骨铭心的疼痛，记住那惊心动魄的冷峻和凛冽，也记住那不屈不挠的厚重与坚毅。

再结实的桥梁也会有苍老坍塌的时候，但是我相信，这古老而伟大的民族的脊梁，是永远也不会坍塌和苍老的。人们走在卢沟桥的桥面上，如同走入了中国近代史的一页滚烫的篇章。那是浴火浴血的悲壮和烽火硝烟的苍凉，那是抡着大刀向鬼子们的头上砍去的历史啊。这里的热血太多，悲愤太多，怒火太多，苦涩太多。那些历史的"陈账"，是不能够轻松地用一支纤巧的鹅毛笔就可一笔勾销的。卢沟桥承载的民族记忆，既是对侵略暴行的深刻警醒，也是对民族精神的淬炼与升华。历史的屈辱不应止于愤怒，而应转化为勠力同心的信念，指引我们走向复兴。

卢沟桥不同于江南那些秀美的小桥，它就像那些粗线条的北方大汉一样，站在凛冽的寒风中，简单而又真实，大气而又凝重。说心里话，跟许多优美的风景胜地相比，这里的风景其实是很质朴的，但是到这里来，心头就升腾着蓬勃的火焰，耳边就飞扬着带血的呐喊。看着这些已有些沧桑的石狮子，我仿佛看到一个民族已经苏醒了的伟大灵魂。我仿佛听到这些醒狮一齐放开喉咙，悲声吟唱那首著名的《义勇军进行曲》，我用手抚摸着桥上那些830岁的回忆，耳边回荡着一声声久远的吼声："起来！不愿做奴隶的人们！把我们的血肉，筑成我们新的长城！"凭栏而立，怒发冲冠，壮怀激烈，天空中好像滚动起一阵阵激扬而高亢的春雷。

任何人到了卢沟桥，心中都会涌动起情感的波涛。我在卢沟桥头久久徘徊，忍不住口占两首小诗，一抒心中激动：

从来青史最分明，澎湃长河万古情。

剑底寒光射残日，心头热血筑长城。

山倾海立旌旗奋，电舞雷敲鼙鼓鸣。

八十五年晴与晦，蓦然回首凛然惊。

桃花雨细润卢沟，杨柳风轻一径幽。

今日欢颜新韵醉，当年怒火旧痕留。

绕桥岂是猫儿爪，振鬣从来狮子头。

义勇军歌开口唱，情豪忽似大江流。

水杉林中的情思

前不久，我在洪泽湖湿地遇见一片水杉林。

作为北方人，我印象中的树木大多是生长在陆地上的。没想到，这水杉居然是树如其名，果真亭亭玉立在秋水中间。此时此际，水杉已经全部由青变红，但见林叶鲜丽，倒影斑斓，颇有令人惊奇又惊艳的感觉。

水杉的根部比较粗，像是穿了厚重的雨靴。笔直的树干则精神抖擞地昂然挺立着，直插云霄。我仔细观察那细柔的条形树叶，它们如同红色的羽毛一样，在斜展的淡绿纤枝上排成两列，飘飘荡荡，把水杉打扮成一只只单足独立的火凤凰，好像只要风儿一吹，就会如火焰般蔓延开来，牵起热烈的三百余亩风景，腾空而去似的。

这时候，有许多不知名的奇鸟，在红色的树叶间飞来飞去，不讲秩序，也不拘队形，把淘气的鸣叫声漫不经心地洒向五彩斑斓的景色里。兴致高时，倒可以乘上小小竹筏，歪歪斜斜，仿佛踏着摇曳多姿的醉步，悠悠地去探索深藏在岁月深处的那些美好细节。

只要竹篙细腻地轻轻一点即可，那小筏已如在玻璃镜上滑翔着一样，飘然远去。筏后一道微小的波纹，悄悄分开又悄悄合拢。层层叠叠的叶影云影，悄悄变换着各种颜色的情绪，蓦然晕染在天地之间。

端坐在筏上，我的心游走于迷宫般的杉树中间，仿佛变作了五线谱上欢快跳跃的音符，飘荡在一首多姿多彩的古典乐曲中。

若说最美，当然首推那些水杉树的叶儿。偶

尔遇到一两片落叶，像是蝴蝶一样翩跹而来，姿态优雅，驮着幽静的诗意，拍着翅膀在眼前飞翔。我没想到这温柔的小小叶儿，居然也可以美得这么动人心魄。

我发现，这红叶儿上的色彩颇有层次感，有的橘红，有的浅红，有的青红相间，有的火红……何等幸运啊，一不小心，居然就邂逅了这样密集的熟悉而又陌生的诗情和画意。

诗人说，"霜叶红于二月花"，多指的是红枫树叶。而这水杉树的红叶儿在古典诗词中，则较少出现。因为水杉是孑遗植物，冰川时期之后几乎灭绝，只是在中国部分地区"隐居"，被称为珍稀的植物"活化石"。它们从20世纪40年代被发现、命名、引种，至今也不过80来年的光阴。

现在洪泽湖湿地的这片水杉林，也并不是天然林，而是引种的人工林。正是历代植物学家和科研人员的接续努力，才让我辈有缘流连在这特殊的红叶美景中间。古代诗人留下了不少的红叶诗，却没有我辈这番幸运奇遇：可以亲睹水杉从"活化石"变为"观赏树"的生物奇迹。

透过横斜的红叶间隙，阳光如瀑布般倾泻而下。我掬一把阳光，感受着切实的温煦。我耳边仿佛响起一首《水杉歌》，那抑扬顿挫的诗句突然从"纸上声"变成了"眼前画"：

纪追白垩年一亿，莽莽坤维风景丽。

特西斯海亘穷荒，赤道暖流布温煦。

陆无山岳但坡陀，沧海横流沮洳多。

…………

水杉斯时乃特立，凌霄巨木环北极。

虬枝铁干逾十围，肯与群株计寻尺。

…………

三纪山川生巨变，造化洪炉恣鼓扇。

…………

海枯风阻陆渐干，积雪沍寒今乃见。

大地遂为冰被覆，北球一白无丛绿。

众芳逋走入南荒，万汇沦亡稀剩族。

水杉大国成曹邹，四大部洲绝俦类。

仅余川鄂千方里，遗子残留弹丸地。

…………

　　这首《水杉歌》发表于1961年，详述了水杉的前世今生，作者是植物学家胡先骕先生。胡先骕是水杉的命名者之一。他写作《水杉歌》时自言"余自戊子与郑君万钧刊布水杉，迄今已十有三载"，也就是说，1948年他与郑万钧合作发表水杉论文，命名了这一"活化石"。

　　胡先骕自言："博闻强识吾儒事，笺疏草木虫鱼细。致知格物久垂训，一物不知真所耻。"他用水杉来同禄丰恐龙化石相比，在诗中吟道："化石龙骸夸禄丰，水杉并世争长雄。禄丰龙已成陈迹，水杉今日犹葱茏。"水杉的发现，是近现代中国植物学史上的一件大事。曾与水杉一同生存的生物大都已灭绝了，只有水杉依旧葱葱，后来更是引种成功，并在多处栽培繁育。水杉终于从深山秘境走到这烟火人间，不得不对先贤们的执着探索、辛勤研究油然而生敬意。

2024年恰逢胡先骕诞辰130周年。春天以来，各地已经举办过一些纪念活动。对于胡先骕在植物分类学等领域的成就，也发表了不少的文章。不过，我还想提一提胡先骕的另外一首词。这词的下阕曾被胡适在《文学改良刍议》中引用："荧荧夜灯如豆，映幢幢孤影，凌乱无据。翡翠衾寒，鸳鸯瓦冷，禁得秋宵几度？幺弦漫语，早丁字帘前，繁霜飞舞。袅袅余音，片时犹绕柱。"胡适认为此词"其实仅一大堆陈套语"，并且质疑说："此词在美国所作，其夜灯决不'荧荧如豆'，其居室尤无'柱'可绕也。至于'繁霜飞舞'，则更不成话矣。谁曾见繁霜之'飞舞'耶？"从此，这篇作品被"嘲笑"了一百多年。可是，胡适当时没有引用这篇作品的题目——《齐天乐·听临室弹曼陀铃》，作品中描写的是欣赏音乐时的感受，运用了通感、比喻等艺术手法。唐人笔下就有"空里流霜不觉飞""碎霜斜舞上罗幕"的句子，在诗人的想象中，"霜"其实是可以"飞舞"的啊。

悠远的古典诗脉，一直延绵至今。当前出现的诗词热，恰似这水杉的红鲜和热烈。这份不约而同又如约而至的美好，正如顽强的古老水杉一样，把根扎在水面之下的大地深处，以古朴高贵的蓬勃与生气，展现出遍地风流。

我在水杉林中的竹筏上静坐，在水杉林中沉醉着，流连着，也回味和沉吟着……

洪泽湖湿地公园的水杉林深处，有一个景点叫"喊泉"。只要喊上一声，就有喷泉涌出。嗓门越大，喊声越响亮，那喷泉喷得就越高。我原也想趁这景色可人，借这华彩光阴，在喊泉大声喊一喊胡先骕等先生的大名。想来那些从水杉林中间涌起的泉水和泉声，该是大地给这些探索者、开拓者的热泪和掌声吧？但是我随即打消了这个念头，还是不要轻易打扰这片静谧吧。胡先骕以及那些接续耕耘的众多先辈，可能不会喜欢这份人为的喧嚣，而更甘于浑然天成的那份淡泊和宁静。

看阳光灿烂，看波光粼粼，看浮光跃金，看水杉简单而端庄地耸立，肩并肩地列成努力生长的方阵、宛然无声的庄严仪仗。

如此境界，方足慰怀，恰可安放一颗诗一般唯美的心。

与玄武湖的一次美好邂逅

一树树开满鲜花的杜鹃，红的、黄的、粉的，此时正热闹，就像是层层叠叠的云霞，飘舞在玄武湖畔。除了这些惹眼的杜鹃花，还有樱花、桃花、紫藤等各种各样的花列阵而来，争相报告着美丽的春光。

沿岸的环湖路上人流如潮，摩肩接踵，让我感受到春和景明中的温馨，感受到玄武湖畔的美好与祥和。

玄武湖在南京市玄武区，位于明古城墙的东北侧，湖面辽阔，但是没有烟波浩渺的意象，也没有水天一线的视觉效果，这是因为有星罗棋布的五个小洲，把人们的视线一一分隔开来。这五个小洲就像童话剧的布景一样，珍珠般洒在湖面上：樱洲灼灼、翠洲苍苍、菱洲郁郁、梁洲幽幽，而形状细长的环洲则如一条有力的臂膀，环抱起一湾翠绿的幽思……

我和友人一起荡舟湖上，悠然欣赏着"五洲联芳"的胜景。低头是水光粼粼，举头是鸟羽翩翩，纵目是逶迤连绵的明代古城墙，远眺是龙蟠虎踞的紫金山、九华山，而在船头上回眸水岸，更是有一大波美景如同蓄势待发的模特队，在我们的掌声和喝彩声中款款地华丽亮相。

游船特意带我们穿越一个古桥，去看一个古闸，我的视线则首先被堤坝上的依依垂柳所吸引。垂柳们摇曳着绿色的裙裾，随风曼舞，恍惚是婉约词中飞扬的生动意象，含蕴着数不清的古典风韵。看这多情烟柳，就想起唐代诗人韦庄的"无情最是台城柳"，觉得这句子有点太凄清了，如今依我的观感，倒是可以改成"多情还是台城柳，依旧烟笼十里堤"。

同游者皆是诗人，大家推举座间长者以"甲辰桑泊载诗行"开头，一起联句纪兴。"桑泊"是玄武湖的古名。春秋以降，玄武湖有过桑泊、秣陵湖、练湖、后湖、昆明湖等各种称谓，时大时小，时废时存，时稼时渔，牵系起各种不同的历史感触，所以我脱口而出"回眸青史百感生"的一个续句。从地图上看玄武湖的形状，就像一只水汪汪的大眼睛。这荡漾的湖水，宛若眼睛中的顾盼秋波。这脉脉含情的明眸看过六朝烟雨，看过唐宋风云，看过元明变迁，看过辛亥风云，也看过百万雄师过大江的历史壮剧……看惯了波澜壮阔的沧桑变化，激荡起浩浩汤汤的万千气象。

轻柔的阳光洒在湖面上，整个玄武湖就如同一块凝固了的透明美玉，泛出古色古香而又活泼灵动的辉光。游船没入水线，从舷窗玻璃望出去的视角，仿佛和水平线是平行的。游船不像是在液体的水面上漫游，倒像是在固体的柔软梦幻中穿行。时而能看见胖胖的大鱼悠然地在船边串来串去，令人惊叹这湖水的清澈。当地的友人告诉我："那些在湖水之中隐约可辨的水生植物，是苦草、黑藻、金鱼藻、狐尾藻、千屈菜、菖蒲、水生美人蕉、梭鱼草等，都是具有水质净化功能的水下'清洁夫'。沿湖水系都采取了湖体疏浚、引水补水、雨污分流等各种措施，保证了这湖水水质的优质提升。"

这湖水碧绿碧绿的，楚楚动人，沉静而又温柔。凝视碧波，让我又想起东晋诗人郭璞的诗句："临源挹清波，陵冈掇丹荑。灵溪可潜盘，安事登云梯。"郭璞的衣冠冢名叫"郭璞仙墩"，就在玄武湖的环洲上。自古而今，郭璞、谢朓、萧统、李煜、李白、刘禹锡、李商隐、韦庄、杜牧……诸多锦心绣口，为这美丽的桑泊留下千古难忘的锦绣篇章。但是这里并非古代诗人们吟咏的那种远离尘嚣的世外仙境，而是人与自然和谐相处的人间乐园。玄武湖其实是一个城市公园，十公里长的环湖路被称为"最美跑步线路"。各类人气书店、美食铺子、朗诵亭、城市客厅等，像磁石一样把人气一一聚拢了过来。人们在这里分享大自然的美好，也分享生活的美好、文化的美好。沉默的玄武湖水，展示着独具个性的风采和气质，释放出惊人的文旅活力。

游船徐徐，心旷神怡。波澜不兴的湖水配上诗人碧绿的想象，如同宝石一般沉静而又绚烂。我站在船头，特意邀请友人在紫峰大厦的背景里留下一张纪念照。这是我们这个年代的风景啊。

我来玄武湖的时候，恰好临近人民解放军占领南京的"解放日"。耳边似乎还回响着那解放的炮火，那激情的欢呼和奔放的呐喊。而今这流光溢彩的玄武湖，就是一张新时代的幸福笑脸啊。

　　这次短短一游，只能说是一场美好的邂逅。时间虽短，在我心中留下的韵味却深幽而又绵长。

　　玄武是北方方位的代称。玄武湖也被人们称为北湖。我们的国家有西湖，有南湖，有东湖，也有美丽的北湖。这北湖又被当地人称为人民公园。人民的江山，人民的湖，无论东、西、南、北，都是这么熠熠生辉，美不胜收，情深意长……

第三辑

体验

杨岐山访普通寺

一个山青欲雨、云澹生烟的日子，我和友人去江西萍乡游览杨岐山，感受山与水的淡雅，也体悟诗与禅的幽美。

沐着细雨，栉着微风，呼吸着清新的空气，我宛然走入一个旷阔的绿色氧吧，心头仿如山花欣欣然绽放，敞亮轻盈了许多。

杨岐山颇小，但是名气很大。游客不多，风景却秀而丽、深而醇，颇为不俗。

山前是层层叠叠的梯田，长满僧人们栽种的辣椒、豆角等农作物，满眼生机，亲切温馨，一派天然之趣。

石径如向导，引人入幽处。沿北坡拾级而上，有一个清净素朴的古寺，掩映在翠竹苍松之间。山寺小小，依山而建，外面散淡地包围着一圈低矮的灰墙，造型玲珑，又自有一份漫不经心的恬淡。

这寺其实只有两进院落，青砖灰瓦，非常低调。建筑风格就类同寻常农舍，清淡雅致，疏简平易，没有很多寺庙那种雕梁画栋、金碧辉煌的排场。山寺匾额是赵朴初题写的"杨岐普通寺"。

名唤"普通"，实际却底蕴丰厚、大有来历，非常不普通。佛教禅宗有"一花开五叶"之说：禅宗后续演变成临济宗、曹洞宗、沩仰宗、云门宗、法眼宗，而临济宗又分成黄龙宗和杨岐宗，这也就是人们常说的"五家七宗"。普通寺被称为杨岐宗的"祖庭"，这一派讲究"随方就圆"，用质朴平实的禅语直指人心。

普通寺的寺门外左手处，矗立着一个两人

来高的小石塔。塔身呈八角形，分上下两层，周边雕刻着佛像、力士、怪兽等图案，线条稚拙纯真，颇有古意。石塔正面迎人处则雕刻着一个横挂石锁的双扇石门，充满深沉、玄奥的寓意，启人遐想，引人深思。这个石塔建于唐贞元十四年（798），是为纪念名僧乘广而建，名"乘广禅师塔"。塔旁有一个写着"全国重点文物保护单位"的石碑，标识其珍贵的文物价值。

据说此塔前原来还立有一个石碑，上刻唐代诗人刘禹锡手书的《袁州萍乡县杨岐山故广禅师碑》文字。石碑于清代被汹涌的山洪冲倒，后来被热心乡绅保护了起来，至道光年间被搬移嵌入普通寺正殿门口的左侧墙内。碑文斑驳，字迹漫漶，颇难一一辨认。不过，文字内容早已收录在《刘宾客文集》等古籍中，以碑文和古籍相校对，虽个别文字略有出入，但内容基本保存了下来。其中，"洪钟蕴声，扣之斯应；阳燧含焰，晞之乃明""结庐此山，心与境寂""即动求静，故能常定""现灭者身，常圆者性"等词句，反复品味，令人过目难忘。殿门右侧墙内也嵌有沙门至闲撰文、僧元幽书写的《甄叔禅师塔铭》，建于唐大和元年（827）。两座碑虽历经风雨、饱历沧桑，至今依然笑对流年。

看过两通唐碑，心中不胜唏嘘感叹。随后绕过普通寺大殿，我们追随一道叮叮咚咚的山泉，进入安心园。园内有一株著名的古柏，枝繁叶茂，生机盎然，参天傲立，苍碧遒劲，气势非凡，经风霜雨雪而不改本色。树干旁边有铁柱支撑，另外还有一根铁条穿出树冠之外，宛似一个冲天小铁辫，据介绍，这是为避免雷击而设置的避雷针。这棵侧柏传说是唐代禅师甄叔栽种，所以一直被人们称为"甄叔柏"。但树下有标识牌，上面注明，经中国科学院植物研究所专家检测过的树龄已达1760余年，认真追溯流光，树龄其实比唐朝还要久远得多。

上述唐塔、唐碑与"唐柏"，是普通寺的三件古物，当地导游津津乐道地称之为"镇寺三宝"。此三宝迄今安然无恙，见证了沧桑变迁，也印证着古寺的深厚底蕴。徘徊其间，流连忘返，我的脚步很自然地就郑重了起来。

寺内照壁前是一排类似公告栏的玻璃橱窗，介绍寺院历史以及各种佛教常识，其中最引我关注的是宋代高僧方会禅师管理寺院的一件往事。当时由于寺院的采光较差，方会为点灯照明，特意准备了公私两盏油灯——为寺院主事时就点寺院里的公家灯，自己诵经时就点自己的私家油灯，绝不占寺庙里的灯油便宜。这件事传开后，成为"杨岐灯盏明千古"的禅门佳话。

方会是普通寺历史上的一位名僧，他谈禅说佛，留下许多名言警句，比如"杨岐无旨的，栽田博饭吃""雾锁千山秀，迤逦向行人"等，都非常精辟深刻。那时候的僧人讲佛法时，往往喜欢装模作样，用奇异的举止博人眼球，方会谈禅则单纯恳切、朴实无华，自有一份庄严气象。这也正如宁静朴素的杨岐山一般，表面看平淡朴拙，实际上溪涧深幽、层岩嶙峋、云岚旖旎、松竹环绕，内蕴雄伟磅礴的气度和宽阔广博的胸襟。

此次行程，一路看山看水，领略了许多美好景色，而我最喜欢的还是这座杨岐山。青花瓷一样的小山，因为有了普通寺，平添无限风光和灵气。

方竹婆娑而清风自来，圆月心头自光明普照。听潺潺水声，如听悠悠禅语，满山青翠，如流泉荡漾，把路过的所有云彩都洗濯得纯净透明。我一路走，一路想，一路似有所悟。不经意间一开口，居然吟出一阕《鹧鸪天·普通寺谒杨岐宗祖庭》：

宝刹离天差半竿，白云白鹭补其间。

高碑老塔邻苍柏，细雨斜风上小山。

心歇处，且随缘。万千世事一飘然。

回眸来路平还仄，至此何妨变简单。

吟罢抬头看天空，不知不觉间，天空已经偷偷变晴了。

杨岐山空明深秀、生机勃勃，怀抱着许多神秘的想象和憧憬，已变得更加巍峨和端庄了。

一草一木，百态千姿，水容山势，诸境清澄，蕴含着蜿蜒逶迤的无穷韵味，可遇而不可求……若你有缘，不妨来杨岐山散散心吧，定当不虚此行。

朱家角的人间烟火

2009年，我曾在《文化月刊》上发表过一篇《去看看朱家角》，其中写道："在地图上看古镇朱家角，形状就像是摆放在上海市郊的一把打开的折扇。这把折扇送来喧嚣市声之外一角难得的风雅和清凉。那粉墙黛瓦、小桥流水、兰棹彩舟、古弄长街，一派典型的江南水乡风韵，令人沉醉不已，回味悠悠。许多人可能不知道，《天堂口》《情深深雨蒙蒙》《粉红女郎》等许多当红影视剧中河港纵横、桥古街奇、巷深弄幽的外景，就是在这座水乡古镇上拍摄的呢。"这段话流传较广，后来某些旅游杂志刊发介绍朱家角的文章，常常引用我写的这一段话。而每逢在别人的文章里重新读到这段话，也总唤起我对古镇朱家角的许多美好回忆。

据说，朱家角早在三国时期就已形成了村落，明代时已经正式建镇。古人留下过"街衢绵亘，商贩交通，水木清华，文儒辈出"的赞誉。古街、古桥、古迹，构成了这座古镇的三大特色。一条清幽的漕港河，将朱家角分成南北两半，清幽神秘的小弄，青石板砌的小路，桨声悠悠的小船，还有众多的明清古建和历史遗迹，组合成一幅幅清新淡雅的水墨画卷。游走在这些清雅的美好风景里，或品香茗，或乘轻舟，或逛小店，或参禅院，真是优哉游哉，快乐神仙一般啊。

我和友人是在一个早晨进入朱家角的。金色的朝阳，静静地洒在朱家角北入口处的西井河上。河水碧绿，并不如想象中那么清澈，但是让人感觉出一份特别的亲切和温暖。这种水就像是宋词中描述的那一江春水，也只有这种水，才能荡漾出那份江南小镇特有的清秀隽永的风韵。

有两位戴着蓝布头巾的大姐摇着船来，用一种挂着布兜的长长竹竿捞着河面上不多的落叶和浮游的脏东西。她们从事的应该是北京马路上常见的清洁工的工作，但是因为这活儿是在小船上做的，也就平添了许多诗意。桨声欸乃中，她们的小船轻盈地转过河岸，悠悠远去，翠绿的垂柳最后遮掩住了我的视线。

早晨游客很少，但是朱家角并不冷清。因为河水两岸的人们打开家门，已经开始忙碌起来了。他们脸上带着淡然的笑意，自得地继续着自己的生活。让我很惊异的景象是，他们有的在河边洗着衣服，有的洗着菜，也有的倒着污水，还有的把鲜虾鲜鱼之类用小网围住放在水中暂养……虽然他们并不是挨在一起，彼此中间隔着十几丈的距离，可是这河水的"用处"这么多，是怎么保持自身的清洁和净化功能的呢？终归想不明白，后来也就不去想了。不宽的小河两边的人家，似乎并不在意游人的目光，依旧淡定地自顾自地忙活着。

敞开的木门、临水的石阶、镂空的花窗、古朴的老屋，都是那么亲切，那么生动。一些老人拍着手、扭着脖子在踢腿打拳，一些老人和着轻柔的民族音乐在舞木兰剑，还有一些老人在悠然地喝着早茶——一副香喷喷的大饼油条，一碗油汪汪的豆花，一壶滚烫的好茶，一杯清冽的梅子酒，再加几块糯软香甜的糕点，这日子过得可真滋润啊。

朱家角的生动和清新，还是因为有了这些居民的存在。我觉得再美的风景，也只不过是人的背景罢了。古镇上这些有趣的悠闲的人，才是这古镇最鲜活的风景，是这古镇风景中最火热最活跃的灵魂。所有古镇上认真生活的人啊，你们真美丽，真甜蜜，真幸福。

古镇上有九条老街，大大小小的古弄串联其中。徜徉在那些青石板路上，如果远远望见前面被墙挡住去路，不要失望，照旧向前走，只要一拐弯，就是柳暗花明又一路了。这样的地方，当地人叫"湾"。古镇著名的"湾"有三处，即三阳湾、轿子湾、弥陀湾。人走在这些"湾"上，乍一看前后左右都是鳞次栉比的老式民居，迎面是砖木小楼，旁边是粉墙灰瓦，好像是"疑无路"了，可是走到头拐个直角，一个新的老街又出现了。朱家角的古弄幽巷以多、古、奇、深著称。这里路与街相通，街与弄相通，弄又与弄相通，彼此回环往复，像走八卦迷宫一样，让人感受到无穷的乐趣和余味。

当然，朱家角最著名的古街就是"一线街"了。这条街的真名叫北大街，素有"长街三里，店铺千家"的美誉，街道两边明清风格的老店比比皆是，一串串大红灯笼高高悬挂在店门前，非常有地方特色。北大街很窄，而且还挤满了粽店、酒肆和茶楼，鳞次栉比，错落有致。相对的店家在二楼上打开窗户，就能交换手里的器物。在各家店铺的房檐和店招的遮蔽下，北大街的头顶只剩下一线蓝天了，所以这里才有了"一线街"的名号。

　　这里熙熙攘攘，热闹非凡。我也很快把自己变成一朵激情的浪花，投入到热烈的人流里，顺着北大街向前奔流。到处是眼花缭乱的店招和名号，到处是五花八门的小商品——阿婆棕、陈味豆、草帽、蓝印花布、草鞋、香包……很多时髦的女孩子在这里买了称心的服饰，立刻穿戴起来，很臭美地摆姿势留影；很多很土气的阿婆居然用很溜的英语跟老外砍价，真是令人刮目相看。在这里的街上走，感觉人和人的距离非常近，心情非常愉快，随便逛进一家小店，仿佛都有家的感觉。几口肉粽，几把青豆，都可以让人感受到一片温暖，一缕快乐。

说到"一线街"的店铺，对我这个北方人来说，最难忘的就是那些肉粽店了。一走进这条街，两边扑来的就是扎肉和肉粽特有的浓烈香味。敞开的老店里几乎家家都摆放着一口肉锅，熬着一锅老汤，里面的扎肉泛着诱人的光泽。这扎肉有些像我冀中老家常吃的红烧肉——选一块核桃大小的带皮五花肉，用粽叶包裹，稻草扎好，然后红烧了再放进锅中的老汤里炖煮。那粽叶的清香，那浓油赤酱的糯糯的滋味，尤其是那肥而不腻、酥而不烂的金灿灿的五花肉，吃起来可真是过瘾啊。最后我实在是忍不住诱惑，也买了两块扎肉大嚼起来……

所有粽店老板似乎都是明星，他们大多数上过电视，见过大场面。这可不是夸海口，是有照片为证的——很多店家都把接受电视台采访的照片印成海报挂在门口。有东方卫视的照片，有CCTV的照片，印象最深的是一家店铺主人与上海著名主持人阿庆的合影。看起来这些老板们，还是蛮有市场意识和经济头脑的啊。

朱家角最具有代表性的小吃，就是肉粽、扎肉和熏豆。朱家角的稻米很好吃，据说明清时被奉为贡品。香糯的米，金灿灿的肉，用粽叶精心地包起来，用细麻绳紧紧缠起来，一层层地摆在橱柜里，外观是那么赏心悦目。传说这里第一家卖扎肉和粽子的是一位姓葛的老阿婆，所以后来阿婆肉粽就成了朱家角的品牌，现在很多店铺都叫阿婆肉粽店，生意也都很好。

熏青豆的原料选用的是当地一种叫"牛踏扁"的青豆，煮熏后依然碧绿湛青，不会变色。这种青豆熏好后按味道分成不同的品种，如笋丝豆、奶油青豆、白糖甜豆、咸青豆、桂花青豆、辣青豆等等，摆在各家店铺的显要位置，诱人眼球，勾人食欲。

"一线街"的空气，好像跟别的地方都是不一样的。因为其中飘荡着中草药和酱汤的独特味道，黏黏的、香香的、润润的，有温暖的家的味道，有人间烟火的亲切，还有种梦幻般的感觉。在朱家角采风，我写了四首律诗，后来由书法家何满宗、胡秋萍、云平、张建才书丹，镌刻在朱家角的一角。下面收录其中一首作为本文结尾，同时也再次回味一段美丽的记忆：

南北东西偶一逢，珠溪妙谛梦中通。

赏心美似丹青染，悦目谐如水乳融。

兰棹彩舟陶古韵，粉墙黛瓦畅新风。

诗从西井河头好，春到放生桥畔浓。

小胡同里的小感触

　　一路呼喊着收废品的骑自行车的小贩的声音，在狭长的胡同里回荡着。他们的身后拖着冬天的阳光描出来的长长的影子，一圈一圈踩着岁月的年轮，向胡同深处去了。不知从哪家的屋子里飘来炒葱花的香味，让我忽然想起乡下的母亲。

　　在这静静的风景中默默站上几分钟，就能拾到一首含蓄的小诗，或者一篇幽雅精致的美文。萧乾老人说："我这辈子只有头十七年是真正生活在北京的小胡同里。那以后，我就走南闯北了。可是不论我走到哪里，在梦境里，我的灵魂总萦绕着那几条小胡同转悠。"的确，那幽深的胡同巷子，再加上宅门、影壁、街头小景、砖石雕刻、牌匾楹联等细部的点染，透出蓬勃的市井活力。扑面的人间烟火气，酒一样浓郁醇香。

走进现代化的北京城，人们感兴趣的往往不只是那鳞次栉比的高楼大厦、四通八达的宽马路，还有那曲折幽深的小小胡同、温馨美丽的四合院。作家李存葆说："北京的胡同就是中国文化博大精深的隧道，直通历史的底蕴处……北京的每一座四合院里，都有着一部长篇小说。北京的每一条胡同，都是一部长长的历史连续剧。走进北京的胡同，我总感到它太陌生，也太智慧了……我现实的双脚无论怎样迈动都必定踩踏在它的章节上，而在我，却很难诠释它，读透它……"

李存葆先生面对胡同说"很难诠释它，读透它"，或许因为他不是老北京。有一位在北京比他待得久些的京味作家，却自信地力图要"诠释它，读透它"，他就是曾选入高中语文课本的那篇《胡同文化》的作者汪曾祺先生。《胡同文化》这篇文章很漂亮，但一些论断似乎个人化色彩偏浓。比如汪先生认为"北京胡同文化的精义是'忍'"，而我以为的却是"达"。北京人处在京都之中，皇城之下，看得最多的是"城头变幻大王旗"，看得最透的是上台下台、花开花谢。变幻风云和沧桑世事，使北京人学会了世故通达，也学会了人情练达。相邻的几条胡同相互连接，很自然地就构成了个大家庭。邻里街坊见面打招呼也是哥、爷、叔、伯之类，透着份儿特殊的亲热。不像那高楼大厦挺着胸脯，暗地里却分割成一单元一单元的"小心眼儿"。

　　老北京人都能顺口用一句俗谚概括北京城的格局——里九外七皇城四，九门八点一口钟。不错，北京城是外城套内城，内城套皇城。在内外城之间相互交叉纵横着大大小小的胡同，这种建筑格局在世界上也是独一无二的。胡同，是北京特有的一种古老的城市小巷，是北京城的一大特色。幽深的胡同实际是由两旁相连的院墙组成的。墙里面是北京人的传统住宅，叫"四合院"。所谓四合院，当然就是东南西北四面建房，合围出来的一所宅院。外面的胡同就像长长的瓜蔓，串联起左邻右舍的绵绵浓情。打开四合院的大门，绚丽的色彩、丰富的情趣、亲切的故事，就都撞入眼帘。不起眼的胡同看起来朴素，可里面活跃着的，是沸腾滚烫的岁月。

老北京的北城比南城富，所以北城的胡同也比南城的胡同体面。汪先生笔下的胡同似乎过于凄凉，他说："北京的胡同在衰败，没落。除了少数'宅门'还在那里挺着，大部分民居的房屋都已经很残破，有的地基柱甚至已经下沉，只有多半截还露在地面上。有些四合院门外还保存已失原形的拴马桩、上马石，记录着失去的荣华。有打不上水来的井眼、磨圆了棱角的石头棋盘，供人凭吊。西风残照，衰草离披，满目荒凉，毫无生气。"

其实汪先生所言，仅仅是一个方面。北京还有一些比较"体面"的胡同，现在还有一些十分热乎，甚至可以跟旅游公司一起开发胡同旅游。比如后海那一带的胡同，发展动静就非常大。

上海也有或横或纵的小街，被称为弄堂，但却是纵横交错呈辐射状的，没有方向、长短和弯直的规律。而北京的胡同就大不同，它横平竖直，东西南北的方向感极其清晰。它要和相近的街道呈平行线，而且要么和相邻的街道等长，要么大约是相邻街道的一半。也就是说，首尾相接的两条胡同相加，正好是相邻街道的长度。即使有少数抄了近路的不横不竖的胡同，也特地注明是某某斜街，决不会乱了方向的"规矩"。

就北京的胡同和上海的弄堂，萧乾先生专门做过比较。他说二者形式上近似，但弄堂常常是阴暗的，而"北京胡同里的平房，多么破，也不缺乏阳光"。说得真好，难怪王朔一部写胡同孩子生活的小说，本来表现的是一段阴云密布的岁月，可在景山后街的胡同里拍的实景上了电影之后，却叫《阳光灿烂的日子》。

一位北京的诗人叫顾城，为北京的胡同写过一首著名的诗歌，叫《小巷》：

小巷

又弯又长

我用一把钥匙

敲着厚厚的墙

这诗只有四句，内涵却很深。当时还有一首梁小斌写的《中国，我的钥匙丢了》也很有名。但顾城没有丢掉钥匙，也没有去寻找钥匙，而是拿起钥匙寻找自己的房门，寻找自己在人生中应有的位置。"小巷"是"又弯又长"的，"墙"是"厚厚的"，要寻找自己的"门"，可能要走很长的路，要付出很多辛苦的努力，然而诗中的那个"我"却在执着地敲着，一边走一边敲。那个敲墙的"我"，其实是胡同里一代又一代人的精神象征，这些生活在皇城根下的人，许多并没有大富大贵，而是终生都在寻找和摸索。找，找，找，他们没有绝望，继续敲打着那命运的厚厚的高墙。

新坝的美丽

那个浦阳江和新坝河环绕着的小小村落，名叫新坝，属浙江省杭州市萧山区义桥镇管辖。

外张家池、内张家池、塘缺池……一个个池塘星罗棋布般分散在小村里，水清，桥美，岸秀，就像一个个青碧的宝镜，倒映着美丽的村容村貌，把小村岁月打扮得活泼而生动。

我是追着古代诗人的足迹寻到义桥来的。一落脚，首先注意到一处巨大的褐色山岩，上刻七个隶书大字："渔浦江山天下稀。"问了一问，才知是陆游的诗句。古代的渔浦港就位于义桥镇一带，被今天的学者们称为浙东唐诗之路的起点。

谢灵运、李白、杜甫、孟浩然、苏轼、陆游等不同时代的诗词大咖，在这里留下了灿若繁星的佳篇美什。一踏进这片诗意盎然的土地，感觉每一缕清风都飘送着先贤的浪漫气息。

我最初是想来这里访古的，而义桥镇的莫勤恒书记却建议我先去赏新——首先到新坝村里去看看。浙东唐诗之路的兴起，得益于河网密布的舟楫之利。正是古运河上的老码头们，把历代诗词大咖引领到动人心弦的青碧山水画境中去的。而新坝村就有一条横穿而过的杭甬古运河，村里的石码头也是古代诗人访山问水的起点之一。于是，我们一行就奔着新坝村而去了。越过浦阳江大桥，首先看到一大片竹笋一样茁壮的尖顶小楼群。这些小楼五颜六色，亭亭玉立，就像童话剧的布景一样，披着阳光，沐着金风，各以各的姿态挺立在漂亮的浦阳江畔。这就是新坝村了。

此时已是深秋，而南方的村寨还是一片葱茏，没有半点萧索之气。在竹木掩映的村口，村里的管事人张肖林同志早已在等候着了。他迎过来握手、寒暄，然后带着我穿行在用石子铺成的硬面路上。这个村共有578户人家，每一座四层小楼，就是一户人家。外边一圈低矮的砖石花墙，围住一院子温馨的好日子。张肖林如数家珍地指点着，告诉我"美丽庭院建设"中涌现的先进家庭：方月华家、倪集成家、倪继忠家、倪国法家、倪志钧家……每户的门前，都有两个蓝色的垃圾分类箱。垃圾分类在某些城里人的眼里都还有点陌生，而在新坝村，村民们却已经当作了自觉的生活习惯。我注意到沿街的花墙下边，都巧妙地布置着新奇的花坛，上面种满了五颜六色的花朵，枝叶间不时闪现金色的小木牌，上面写着党员志愿者的名字。张肖林告诉我，这些沿街花草都是村里的党员们自动认领的。有了大家的自觉维护，小村才可以一年四季荡漾在花香鸟语中间。

　　在路上，张肖林不时停下来，指给我看互助果蔬园、清风茶社和廉政小广场。互助果蔬园是乡亲们利用街边闲地开辟出来的园圃，种满了萝卜、西红柿、生菜、甜玉米等绿色植物，平时可以自己食用，也可供村里的孤寡老人们采摘。廉政小广场上设立着廉字积木架，如果把写着廉字的那根积木抽掉，整个积木架就会倒掉，以此警示党员干部要"廉字当先"。没有围墙的清风茶社设在村中央，村民们闲时可以来这里免费喝茶聊天，显眼的位置特意挂着一幅书法条幅，上写"村民认可是最大的动力，村民幸福是最大的追求"，看了让人心里颇有一种暖暖的小感动。

　　另外，张肖林还特意带我去参观百草园。园中种满了薄荷、当归、金线草等中药材，随风摇曳，药香四溢。这也是利用街心闲地设置的，园前竖立着老药铺中常见的那种抓药柜，上面插满了写着药名的小抽屉。村里的孩子们很喜欢到这个小园来玩。他们在这里一边游戏，一边轻轻松松地就记住了许多新奇的中药材。

谈起近些年的美丽乡村建设，莫勤恒和张肖林都津津乐道。前些年小村脏乱差的现象还令人头疼，正是美丽乡村建设工作，像春雨一样洒落在小村里，小村的面貌才变得这样清新洁净、温馨明媚。2019年底，新坝村通过了"美丽乡村提升村"的区级验收，环境卫生、农村建房、景观风貌、公配设施、项目建设等方面都达了标。2020年3月，又被省里的乡村振兴领导小组办公室命名为"善治示范村"。村民们自豪地说，现在的新坝是"庭院成趣，节点成景，串点成线，步步有景"。

新坝村还有一首村歌，名叫《水韵新坝》："琴鹤相鸣清风袖，百药济世造千福。环境治理见成效，美丽庭院巧改造……"词句朴素，用越剧的声调唱出来，别有一番韵味。村文化礼堂前，张挂着村里的"崇德尚贤榜"，有幸福家庭的名单，有考上大学的学子名单，也有村里90岁以上的老寿星的名录。其中最大的一位老阿公孙文忠，已经97岁高龄了。张肖林带我随机访问村里人家，老阿婆热情地上来打招呼，可惜说的是当地方言，一句也听不懂，但从那菊花般盛开的笑脸，仍能感受到她心里的舒坦。

美丽乡村建设含意深远，绝不是简单的大拆大建。新坝村在杭甬运河两岸就特意保留了明清两代的盐驿文化遗迹。小石码头附近的墙上，绘着当年的盐运和货运场景，勾起人们很多的久远想象和追慕。张肖林还拉我去看特意保留下来的20世纪70年代的战略粮库。青石垒墙，堡形结构，铭刻着特殊年代的无言沧桑。随后，张肖林又带我去看村里一个保存最完整的清代"节孝承恩"牌坊。这个牌坊建于清雍正年间，是为旌表一位倪姓儒士之妻金氏设立的。石质仿木，四柱三间五楼造型，已经经历了290余年的风雨了，能保存到今天，真是不容易。

　　不过，我也注意到，这么美丽的村子，街上来往的村民却不多，能够见到的也多是居家的老人和孩子。张肖林介绍，青壮年大都在本村和周围的镇、村企业上班，收入也还可以。我想，假如美丽乡村建设能够发挥更多的吸引力，让村民们都留在自己的村子里，该多好啊。莫勤恒介绍，他们正酝酿在村口的那座山下，引进一个养老机构，以后会让城里人到乡村来养老，也会尽快促进乡村发展，不仅让村里人留下来创业，而且还要吸引城里人也留在这里。

　　是啊，新坝的美丽，令人如此迷恋和期待，那么，美丽的新坝，让村民更多一些甜美的幸福感，不更是好上加好吗？

团城记叙文

　　在北京故宫西侧，有一片水域，这就是西苑，又称太液池。太液池被一分为三：北为北海，中为中海，南为南海。太液池的设计，可以追溯到一个古老的传说：在渤海里有蓬莱、瀛洲、方丈三座仙山，山上住着逍遥自在的神仙，他们拥有长生不老的仙丹……秦始皇和汉武帝都曾派人寻找这三座山，但没找到。后代的帝王们，干脆在皇宫附近修建水中的仙山，把那华美的幻景从遥远的海上移过来，"建筑"在自己身边。

　　太液池宽阔的水面就好像大海，北海水中的琼华岛是"蓬莱"，北海南岸边的团城是"瀛

洲"，而中海东岸犀山台则是"方丈"。团城和犀
山台以前都在水中，明朝时为了交通方便才和陆
地相连。

今天的中海和南海即中南海，已成为中国
的政治中枢。北海则被开辟成了北海公园。隔开
北海与中南海的，就是明代始修的金鳌玉蛛桥。
"让我们荡起双桨，小船儿推开波浪，海面倒映
着美丽的白塔，四周环绕着绿树红墙……"这段
曾选进小学课本的著名歌词，据说就是作者乔羽
先生站在金鳌玉蛛桥上得到灵感而创作的。

北海公园的中心是琼华岛，岛上有乾隆御碑
"琼岛春阴"。高耸入云的白塔在蓝天的映衬下，
更是端庄、秀美，是这里的象征。临水而建的五
龙亭也很有名，亭与亭之间用S形平桥相连，现
在是游人们赛歌的地方。这公园里还有中国最著
名的一座九龙壁，用四百多块黄、紫、白、蓝、
红、绿、青七色琉璃砖砌筑而成，双面各雕刻九

条形态各异的蛟龙，再加上一些细小的修饰，总计有635条龙。历经二百多年风雨剥蚀，颜色至今未变。

不过以个人兴趣而言，我对这里著名的白塔、九龙壁、五龙亭之类印象并不深刻。相反，对金鳌玉蝀桥旁边似乎是呆头呆脑的团城，却一直怀有一种难言的情绪。每每提到团城，我甚至总有一种神秘的感觉。

这种神秘感，源于幼年时读过的梁羽生和独孤红的武侠名作。他们的作品中，曾有几个惊心动魄的故事在团城发生。梁先生在著名的《云海玉弓缘》第卅九回《暗室除奸惊辣手　冒名求禄显神功》中写道："大内总管寇方皋为西门牧野而开的庆功宴……设在团城离宫内的大横厅，团城紧连着皇宫，是紫禁城的外城，金代在皇宫外修建北海御苑之时，将挖海的泥土堆成一座小山，称为团城，至清代修成了一座离宫。因为地势较高，可以拱卫宫廷，乾隆皇帝遂将这座离宫作为大内卫士的住处，好与内廷隔开，而进出亦很方便。"

后来读了一些关于团城的掌故，感觉梁先生的描述还是有些瑕疵的。的确，这里原是一个小岛。12世纪金人挖湖泥堆起此岛，并在岛上建筑殿宇。据说现在殿旁的那棵槎牙如龙、曾被乾隆封为"遮荫侯"的油松就是金代遗物。不过，北海从金开始就是"离宫御苑"，说团城至清代修成了一座离宫，是不太准确的。

团城，周长只有276米，城高仅有4.6米，面积只约4500平方米，在北京这座巨大的城池里，它称得上是最小的城中之城，在世界上恐怕也是最小的。

在这座微型城池里保存着一尊高1.6米的玉佛，玉佛通身洁白，光泽清润，衣饰上嵌有宝石，形态极度慈祥美丽。说是清末僧人明宽从缅甸请回来的。1900年八国联军侵华时，砍伤了白玉佛的手臂，至今还留有痕迹。此外，这里还有中国最大的宫廷玉器，名"渎山大玉海"，俗称"玉瓮"，重3500千克，可贮酒30余石，瓮身四周雕刻波涛汹涌的大海，海水中有形象生动、体态各异的海龙、海马、海猪、海鹿、海兔、海犀等海兽出没。原为忽必烈盛酒的大酒器，明万历七年（1579）流落到西华门外真武庙，被道人当作菜瓮使用，直到乾隆十年（1745）才"千金易还"，放在团城，并建亭纪念。乾隆的御诗，就刻在瓮内。

晚清时期，这里较为荒凉，据说殿内甚至有尺许大的蝙蝠飞翔。袁世凯窃国时，"政治会议"曾设在此地。清末维新人物梁启超亦曾在此住过。1923年，贿选总统的曹琨被监禁于此。民国时期的中国地理学会和中央古物保管委员会亦曾设在这里。记得陈寅恪曾有赠吴宓诗云："读史早知今日事，看花犹是去年人。"这团城也真是你方歌罢我登场。

　　过去需要进北海东门之后，沿墙拾级而上，才能到这座秀丽别致的庭院。现在则在东门之前单独开了一个门，可以直接登城进入院内。院内巨木参天，叠石错落，殿堂廊庑优雅曲折。古松古柏都已有七八百年的高龄，除了"遮荫侯"，另有两棵被封为"白袍将军"的白皮松，一棵被封为"探海侯"的探海松。

　　团城既是北海公园的一部分，又是一个独立的小园林。每当大雨如注的时候，许多地方水流成河，而团城只是湿漉漉的一层。每当天旱如火的时候，许多禾苗树木枯死了，而团城那些名贵的古木却从不依赖人工浇灌，依然郁郁葱葱。可从表面上看，团城既无排水沟，又无泄水槽，团城的雨水究竟流到哪里去了？

　　原来，这缘于团城有一套祖先发明的非常智慧的集水系统。基础要素是地面的青砖和用青砖建成的涵洞。古青砖具有很强的吸水性，每块青砖都是一个微型水库，砖的下部用谷壳和贝壳渣拌着土壤垫底，具有很强的吸水性能。团城每年可从自然降水中获得3427立方米的水量，其中大部分被青砖贮藏起来。

遇到暴雨，多余的水便会通过石头制成的水眼流入地下。团城共有11个这样的水眼，下面都与涵洞相连。每个涵洞有80厘米到150厘米高，用青砖建成，围绕团城一周。涵洞和青砖就这样构成了一个系统，既可涵蓄雨水，又可在干旱时向周围土壤补水。

逝水匆匆，不肯停一下脚步。而团城却能把它们留在自己身边，不动声色之中，成为翠绿的记忆和嫣红的遐想。

簋街忆馋

　　作为一个置身京城的"馋人"，很多时候我的志趣并不在探访名胜古迹，而在口福之乐也。

　　说到解馋佳处，就不得不提簋街。簋街是一条特色餐饮街，一个值得常去的所在，尤其适合与朋友们一起去大快朵颐。

　　这地方也没什么好说的，直接"撮"就是了。这条街的名气，就是大家"撮"出来的。

　　晚上是这里最灿烂的幸福时光。尤其是华灯初上时，从东直门桥旁的街口放眼望去，每个店家门前都有一串串的红灯笼，迷蒙的灯光，洒在熙熙攘攘的街面上，荡成一条暗红色的河流，充满人间烟火的亲切感。

　　三里屯和什刹海那边的夜生活似乎还没有开始上演，簋街这边的小店已然热火朝天，那些沾染着厚重红尘的红男绿女，拥挤在这条本应叫东直门内大街的地方。一声簋街，八方响应。争相启齿，百无禁忌。该出手时便出手，该上牙时就上牙。大口撮虾，大声喊话，大碗灌酒，大胆吹牛……"斯文"扫地了，心与心的距离也缩短了。各种时尚风物、各种市井八卦、各种饮食流俗、各种逸林掌故……均可作为佐餐谈资，以助馋兴，津津有味，头头是道。

　　掰指头算算，许多哥们儿，是在这里"铁"起来的，许多姐们儿，是在这里"磁"起来的……小伙伴们一直狂欢到凌晨四五点钟，才端碗豆腐脑、拎根黄油条，抹着小油嘴儿，意满而归。

　　遥想当年往事，北京人恐怕就没有没听过

簋街大名的。去簋街是不需要理由的。到了簋街，只要报出接头暗号"麻小儿"加"普燕儿"，然后埋头大撮就是了。每逢周末，"麻小儿"加"普燕儿"的美好夜生活会延续得更长久一些。

"普燕儿"指的是普通燕京啤酒，在簋街盛行一时、"不可一世"。"麻小儿"则是簋街的招牌和特色菜，全称"麻辣小龙虾"，使用巨量的花椒和辣椒炒制，颜色鲜红，味道香辣，至今"余威"犹存。厨师在硕大的铁锅里搁上辣椒、花椒、八角等零碎儿，随后把小龙虾成筐成盆地倒进去，再加上椒盐等调料，简单粗暴地使劲儿翻炒，几十米开外都能感受到那喷香的味道和滚烫的气息。2001年7月13日，也就是北京申奥成功那一夜，簋街100多家店铺至少销出上万斤"麻小儿"。人们在这里把盏高歌、且哭且笑，闹成一锅幸福的粥。而陪伴大家一起狂欢的，就是那名扬四海的"麻小儿"加"普燕儿"。

簋街东起东直门立交桥西端，西到交道口东大街东端。在这条全长1472米的东直门内大街上，囊括了京、川、鲁、粤、苏、闽、湘、云、贵、淮扬等各种菜系品种，集结着来自五湖四海、犄角旮旯的各种美食。八方口味，四海荟萃，解馋为本。

令人惊喜的是，那热热闹闹的人群中偶尔还埋伏着某位在电视上常见的大腕儿或老板。寻常看不见，忽然在簋街发现，也跟你一样在埋头苦撮，甚至还会跟你贴心贴肺论起哥们儿。在这里围桌一聊，许多交情喊哩咔嚓就结下了。

那时候，我也喜欢喊上三五个京内京外的诗友到簋街，来上七八瓶"普燕儿"，再来百十只"麻小儿"，百来块钱就轻松搞定，好吃不贵，友谊却热辣滚烫。除了"麻小儿"，香辣蟹、羊蝎子、红焖羊肉、炖蹄髈、风味烤串等，也是簋街创出来的招牌美味，让人想起来就馋。

如今这簋街，与往年不一般。经过多年的陆续翻修之后，道路宽了，门脸儿阔了，迎客的门童的笑脸也更加烫人了，而且还新添了一些火爆的当家菜，比如馋嘴蛙、炖鸭脖、酸汤鱼、铜锅涮肉等。店家在线上线下推出的半份菜、小份菜、积分打卡换礼抵现、赠送代金券、满减、折上折等促销方式，新鲜又有趣，也带来一些美妙的消费新体验和忠实的回头客。

簋街忆馋，馋得美，馋得远，馋成饮食文化的人气榜。至于簋街的名字，据说是源于老北京的"鬼市"。早年间，以贩卖杂货菜果为主的集市一般是后半夜开市，黎明即散，摊主分别以煤油灯取亮，远看灯影幢幢，人影飘忽，故名"鬼市"，又称"鬼街"。后来有关部门把这里命名为"东内餐饮一条街"，2000年还在街口修了酒爵形状的青铜雕塑，街名也正式用上了更有文化气息的"簋"字。但簋其实不是爵状酒器，而是盛装食物的一种圆口椭圆状容器，在祭祀活动中用来摆放供品，表示礼敬和祈福的意愿，算是古代礼仪文化的一个重要符号。写出来是"簠"，说出来、念出来仿佛是"鬼"，给这里增添了不少悬念和神秘感。

2008年8月1日，青铜爵雕塑更换为青铜伯簠，立在桥头街口。2016年9月，簠街开展整治，2017年5月1日重新开街。前后几年，这里几经变迁，但是那份馋心馋嘴顽强地留了下来。眼下再到簠街行走，曾经的接头暗号，花家怡园、胡大等老店，以及药王庙的小庙门虽然都还在，却总觉得还是少了点什么。少了什么呢？少了一点点纷然杂陈、红火麻辣的滋味？少了一些些那种又爽又飒的烟火气息？

仔细回想，当年老街的旺人气和好心情，是多么让人怀念和珍惜啊。我在簠街忆馋，其实也是在回味一段难忘的青春时光。

瓷风陶韵见唐诗

我有方寸心，无人堪共说。

遣风吹却云，言向天边月。

　　这首湮没千年、优美而含蓄的唐诗，作者姓名不详，是几十年前在长沙铜官窑遗址出土的唐代瓷片上发现的。诗的意思是：没有人能让我倾吐心事，我只好让风把云彩吹走，说给天边上的那弯像耳朵一样的月亮听。唐代长沙铜官窑首创了釉下彩瓷的新工艺，还很有眼光地把诗歌题写在瓷器上。这些沉埋在地下的瓷上诗，给今天的诗歌读者带来意外的惊喜和震撼。

经由湖南著名学者李元洛先生介绍，我有缘收到文博界前辈萧湘先生寄赠的《人间唐诗——长沙窑上的人世烟火》，细读之下，心里非常感动。差点被历史遗忘的那些淳朴诗句，因为陶瓷的特殊材质而保留下沉埋千年的美好记忆。釉下胎体上题写的断章零简，让我们更真切地感受到唐代氤氲的市井风情和人间烟火。

如果不是60多年前那支遗址考古队的到来，谁也不知道这片土地下面藏着一段辉煌的大唐古诗故事，也不知道唐诗宝库将增加一段浪漫温暖的人间烟火气息，不知道这里还能改写诗歌史。

1956年，那是一个冬天。一群考古学家组成的队伍从长沙出发，沿着美丽的湘江一路前行。在彩陶源村瓦渣坪一带发现的彩瓷片和精美器物，吸引他们停下了脚步。他们惊喜地确认，这里是一处烧制釉下彩瓷的唐代窑址。随后，国内著名的陶瓷专家相继而来，对长沙铜官窑址的彩陶技艺给予高度评价。原来，中国的陶瓷一般为黑色或白色，到了铜官窑时期，才开始出现绚丽的彩瓷。更令人惊喜的是，这些考古发现的彩瓷上，还创造性地烧刻着许多当时人的诗。

长沙铜官窑是从初唐时期开始制瓷的，到中晚唐开始兴盛，五代时期因为战乱而衰落了，前后有两百多年。陶工们把自己创作的或者当时比较流行的诗歌烧刻在陶器上，这些珍贵的唐诗就伴随着瓷器慢慢传播开来。到铜官窑衰落之后，瓷诗中除了少数名家作品被其他史籍收入，剩下的大部分也就没人知道了。一直到铜官窑遗址被考古队发现，沉埋在地底下的这个多姿多彩、充满温度的情感世界，才重新展现在世人面前。

最初，铜官窑瓷器遗址中出土的唐诗只有几十首。这些诗多数没有作者，也大都未收入清朝编纂的《全唐诗》里。穿越岁月风雨而来的这些唐代遗诗，显出一份特别的珍奇和宝贵。其中大多是短小浅显、好记好理解的五绝诗，比如：

> 一别行千里，来时未有期。
> 月中三十日，无夜不相思。

> 春水春池满，春时春草生。
> 春人饮春酒，春鸟哢春声。

> 君生我未生，我生君以老。
> 君恨我生迟，我恨君生早。

> 白玉非为宝，千金我不须。
> 意念千张纸，心存万卷书。

> 今岁今宵尽，明年明日开。
> 寒随今夜走，春至主人来。

　　另外也有少量的七言诗和六言诗，还有一些单句和格言。它们大多风格明快，单纯晓畅，朴实无华，偶有一些手写的错别字，也自有一份天真烂漫的盎然韵致。

　　诗的内容表现行旅、相思、愿景、劝世、读书、警策等不同主题，大多乐观积极，坦率直白，很少有文人诗词的那种悲惋悱恻，即使面对艰难险阻，心里也总是荡漾着温暖吉祥的自信和祝福，比如：

　　　　只愁啼鸟别，恨送古人多。
　　　　去后看明月，风光处处过。

　　　　日日思前路，朝朝别主人。
　　　　行行山水上，处处鸟啼新。

　　这些诗大多题写在碟、壶、枕三种类型的器

物上，主要是用行书、楷书四行竖排的形式，装饰在器物的合适位置。枕上诗题写的情感更加私密，比如：

日红衫子合罗裙，尽日看花不厌春。

更向妆台重注口，无那萧郎悭煞人。

伴随着研究的深入，铜官窑带给我们的惊喜还在继续。1988年，德国打捞公司在印尼勿里洞岛海域发现并打捞出"黑石号"沉船。船体里完好地保存着6.7万余件唐代瓷器，其中长沙铜官窑瓷器约5.65万件，占瓷器总数的84%。考古工作者在打捞出的铜官窑瓷器上，又发现了不少唐诗的遗存。比如这首诗：

孤雁南天远，寒风切切惊。

妾思江外客，早晚到边停。

这些瓷器是准备运往阿拉伯地区的。其中一个瓷碗上标记着烧制时间为宝历二年（826）七月十六日。也就是说，将近1200年前，这些诗篇烧制在瓷器上，是要介绍到国外去的……看来这些漂洋过海的"人间唐诗"，当年可能还有着不小的国际影响呢。

唐代诗人李群玉在《石渚》诗中描绘过当年铜官窑陶瓷的制作场景："古岸陶为器，高林尽一焚。焰红湘浦口，烟浊洞庭云……"遥想当年，那是一份多么红火的历史记忆啊……

沙滩留情

不知不觉地，在沙滩这个地方，住了这么多年了。就像一棵树，不声不响地在一片泥土里，扎下了这么多看不见的根须，留下这么多说不尽的眷恋。

的确，这些感情的根须，在表面上是看不见的，但却时时摇动我的心旌。苦与甜，泪与笑，冷漠与温馨，平静与激动……多年来，这个地方带给我多少难忘又美好的回忆啊！

沙滩是北京的一个地名，何其芳、卞之琳和李广田当年号称"汉园三诗人"，所谓汉园，即在沙滩这个地方。不知这个地名是怎么来的，这里没有沙，也没有海，如今多的倒是车的河流和人的海洋。我所居住的北河沿大街甲83号这所大院，在著名的北大红楼的后面，一抬头，就能看见当年李大钊、陈独秀、毛泽东的办公室。当然物还在，人已非了。静夜独步，仿佛还能真切地感受到历史老人的脚步在耳畔咚咚作响。流行歌手刁寒在《花好月圆》中唱道："人生如烟云它匆匆过……"歌词不新鲜，那优雅的旋律却在我心里久久萦回。在北京城里走，光阴的故事总是新鲜的。常常是不经意的一回头，冷不丁就与历史老人打个照面。碰面时忍不住要主动凑上前去，规规矩矩唱个肥喏："嘿，您老早。"

那老儿却不言不语，指指南，指指北，指指东，指指西，那意思似乎是说："咳，北京城里，东西南北，比我老的多的是。"是啊，随处都是沧桑旧迹，随处都有历史烟痕，满眼都是古老的文化底蕴。

　　有了这份底蕴，北京的文化，就有了一份厚重感，有了一份与众不同的沉甸甸的独特的分量。闲暇时间，我喜欢在我们大院的东西南北散散淡淡地踽踽独行。我知道脚下这些道路，留下了许多先贤的足迹，所以我走路就格外小心，有时走着走着，就忽然感到脚底发烫，心想，或许是踩到鲁迅的脚印上了，或许是踩到胡适的脚印上了，或许是踩到林语堂的脚印上了，或许是踩到张中行和杨沫的脚印上了……这样想着想着，心里就暖洋洋的，荡漾起一支又一支五彩斑斓的青春之歌。

　　从我们这所大院往东，就是新修的皇城根遗址公园。这座公园往前不远向东一拐，就是著名的王府井大街。沿着明皇城城墙遗址，细长条儿的皇城根遗址公园是一个全天免费开放的公园，园里的几件铜雕很有特色，尤其是一件名为《时空对话》的雕塑，雕的是一位现代摩登女郎打开笔记本电脑，后面一位拖着辫子的龙钟老叟在好奇地探看着姑娘手里的键盘。这件雕塑，我以为是今日北京的一个绝好的象征。传统与先锋，历史与现实，旧与新，古与今，都和谐地统一在一起，既不互相攻击，也不互相同化，就像诗歌中的新诗与旧诗一样，携手并进，比翼齐飞，庄严稳健，和谐统一，完整地融入这个美好时代。

从我们大院往东不远，就是景山公园。崇祯上吊的那棵老槐树，现在还长在景山的风雨中。不过，这棵树只是一个唤起人们记忆的替代品而已。经历过多年的风霜雨雪，而今的这棵树，已经不是原来那棵了。历史就像一条长河，后浪推着前浪，一路澎湃而去。尽管涛声依旧，可是崇祯他们那张旧船票，却再也登不上我们今天这艘飞速航行的"客船"了。

不过，景山公园里的牡丹花的笑容，或许还是和古人眼中的风景一样灿烂明媚。去景山公园看牡丹，是京城里的传统。牡丹是富贵花，所以就像贵妇出门先要梳洗打扮一样，它的花事较晚。唐朝诗人皮日休说："落尽残红始吐芳，佳名唤作百花王。竟夸天下无双艳，独占人间第一香。"真真是霸气十足，艳帜高张。景山公园的牡丹盛开之前，先是迎春、芍药等一畦一畦地开了个遍，热热闹闹地暖好了场子，然后牡丹花儿才肯婆婆娑娑地姗姗而来。一株牡丹一种芳华，一种牡丹一个典雅贴切的芳名，有时花下还衬有一首首动人的小诗，说不尽的雍容华贵，还夹杂着那么一份说不尽的妖媚风流。这里的牡丹都是土栽，不是盆栽，摆在露天里，沐着阳光，浴着春风，风姿绰约，生机无限，魅力无穷。此时可说是"上林花似锦"了，因而当然就"出门俱是看花人"。

从我们大院到景山公园之间，有一所老院子，是老北大的地方，人民教育出版社在那里。

该社有一位主持了多年全国语文教材编纂工作的老先生，名叫刘征，年年都是景山看花人之一。他不仅自己看花爱花，而且年年约了臧克家等老先生一起去赴牡丹花的约会。有一年臧克家在山东登泰山，误了牡丹的花令，刘老先生还赋诗一首："停车望岳情难尽，时雨当春花自开。小立如闻花有语，明年此日待公来。"

从我们这个大院往南走，绕过北大红楼，沿南池子大街一直往南步行不远，穿过菖蒲河公园，就是著名的天安门广场。从我们这个大院往北步行不远，就是地安门，再拐弯往北斜行，就到了著名的钟鼓楼。

之所以方向意识这么明确，或许是在京味文化里浸淫日久的缘故。记得有人说过："世界上没有哪个国家和民族，像中国这样关注东西南北；中国当中也没有哪个城市，像老北京那样'斤斤计较'于东西南北。"这话或许有一点点夸张，但也有一定的事实依据。跟近处的天津比一比，跟远处的重庆、上海比一比，北京人的鲜明独特的方向意识，给当年初入北京的我这个外省人，留下了极为深刻的印象。

北京人是极重视"北"这个方向的，他们讽刺不知天高地厚的人的说法，就叫"找不着北"。在北京找不着北，应该说是很令人难为情的。

从沙滩往西一站地，就是明清皇帝面南背北的所在了——故宫，也就是这座城市的中心吧。北京城从一建城开始，就依据了一条清晰的坐北朝南的中轴线。老北京，背倚燕山，俯瞰中原，有着恢宏的皇家气度和斑斓气象。居住在这座古城中心的皇帝，坐北朝南，君临天下，是否也会时时涌动起"溥天之下，莫非王土；率土之滨，莫非王臣"的自矜和自傲呢？在这座城市里，不同的方向是有着鲜明的上下尊卑的含义的。东西而言，以东为上；南北而言，以北为尊。至于坐北朝南的方位，就意味着皇权和正统，自然是四海朝拜的地方了。

北京的天气，就像北京人对东西南北分得那么清晰一样，也是四季分明的。春天有春天的魅力，夏天有夏天的激情，秋天有秋天的畅想，冬天有冬天的神韵。而沙滩这个地方带给我的美好感情，却是四季如一的，不会因季节的变化而稍减它的热情。

读过老舍先生笔下的北京的春天，也读过跟老舍同时的现在已不是太有名的老向笔下的北京的春天，还读过其他一些作家笔下的北京的春天。不过，对北京的春天的感受，最强烈的还不是来自文字，而是来自亲身的感受。北京的骀荡的春风，铺天盖地，呼啸而来，声势轰轰烈烈。

久居北京的朱自清先生写到春天时引用过"沾衣欲湿杏花雨，吹面不寒杨柳风"的诗句。这样柔弱的春风，是南方的执红牙檀板唱"杨柳岸晓风残月"的婉约派，而北京的春风则绝对是执铜琶铁板唱"大江东去"的豪放派，说来就来，携着遍地春色，豪歌着，哗笑着，狂呼着，高叫着，一露面儿就吓得冬雪残冰落荒而逃。这样性格刚烈的春风，让我柔弱的灵魂真切地体会到北方的力量和魄力。

北京的夏季，不只是外地人们想象中的，是烈日和暴雨的天下，这里的夏季是一个真正激情燃烧、流华溢彩的季节。漫步五四大街，或者静坐在筒子河前的某一块石墩上，看美丽的黄昏怎样像花朵一样慢慢合拢它的花瓣，是我的一大乐趣。而华灯初上之后折向南去，徜徉长安街，就能真切地感受星的河流和星的海洋是怎么回事，就会不由自主地发出"天上人间"的声声赞叹。可以盘桓到玉兔当头、三星西坠，然后才随拿着大蒲扇的大爷大妈们一起恋恋不舍地离去。

最有戏剧性的还是那说来就来的倾盆暴雨。

刚还是响晴白日的，忽然乌云密布，雷电交加，一阵瓢泼大雨噼里啪啦赶走了燥热的暑气，然后就突然走了，太阳又回来了，彩虹也出来了，红墙和绿色的琉璃瓦被冲洗得格外洁净，那鲜明的色彩，让我联想起莫奈油画中轻盈漂浮的淡淡温情。

北京的春天很短，秋天却很漫长。对我来说，沙滩的秋天，是从中国美术馆前的银杏树的第一片落叶开始的。因为我每天早晨都要到这里来散步，一直把那些躲在枝叶间的小白果从青青的小米粒儿瞅成了白白的小乒乓球，秋天就踩着第一片银杏落叶，来了。我喜欢和小孩子们一起踩着遍地金黄的落叶，捡拾那些散落在地上的小白果。尽管不知道捡回来有什么用，那果子涩涩的，还隐隐有股臭味，却年年照捡不误，那捡拾的动作，本身就是一种享受。

秋天来了之后，广受赞誉的大兴脆沙瓤西瓜

就渐渐地稀少了。不过，京城里的馋嘴儿们是不会为此惋惜的。因为铃铛枣儿、国光苹果、巨峰葡萄随着秋令可就统统涌进了市场。细而无渣的京白梨，甜而不腻的大石榴，还有南方的橘子、香蕉什么的，琳琅满目，数不胜数，吃不胜吃。

北京的水果贩们已经不许吆喝了，而且有统一的市场和规矩，要接受城管部门的管理。流动的小商贩，是会受到处罚的。有位前辈作家回忆说北京的水果贩最会吆唤："你看他放下担子，一手叉腰，一手捂着耳朵，仰起头来便是一长串的吆唤。婉转的唤声里，包括名称、产地、味道、价格，真是意味深长。"看来这种吆喝声，我辈只能在老作家的回忆里去回味了。

伴随着秋风的光临，地安门前的秋栗香干果店前早早排起了长队。让我奇怪的是，无论什么时间去，都需排很长的队伍等待。板栗、榛子、花生、瓜子在四五个转炉里翻上来倒过去，干果的清香灌了半条街，令人不由得闻香下车，伸脖而看，垂涎而立，缩手而候。

北京的秋天是热烈的，蓬勃的，丰富的，也是美丽的。此时携着一两卷唐诗宋词去访皇城根公园的红叶，这方面的感受可能更深切些。摘几片丹枫黄栌夹在诗册里，好像成了我每年的一个老习惯。秋再深一些，就可以坐在机关大院的池塘前去赏残荷了。那横斜的秋韵，是需用心去体味的。而秋带着依依不舍的深情走远了之后，晶莹的冬天就来了。

雪花飘飘，北风萧萧，前人此时讲究围炉夜话，讲究踏雪寻梅。围炉夜话时可以"买一个赛梨的萝卜来消夜吧"。这种话，如果讲给现在的北京娃们听，他们肯定当笑话。由于蔬菜大棚技术的普及，如今许多新鲜蔬菜已经打破了过去按二十四节气分淡旺季的规律。鲜嫩的黄瓜还有韭菜、西芹、油麦菜等在沙滩农贸市场里应有尽有。郊区菜农还种出各种特菜供应市场，指头肚儿大的西红柿、紫色的茴香等已经是寻常百姓家的平常冬菜了。

如今的北京人，是再不讲究"猫冬"的了。即使是退了休的大爷大妈，也都早早地摇着红绸、舞着剑穗走出了家门。各种耐寒的花草和工艺花木结合在一起，点缀得满大街仍然还是姹紫嫣红、五彩缤纷。来自五洲四海的宾朋，熙熙攘攘，身着各种服饰，潮水般地涌动在沙滩周围的大街小巷里，处处充盈着人间烟火的亲切和温馨。

我自己喜欢在这个季节去什刹海，看那一池晶莹的冰凌。因为危险，这里是禁止个人随意下去溜冰的。可我的诗情却可以自由地穿上冰鞋，在那平滑的冰清玉润的"肌肤"上逍遥地滑翔，潇洒地旋舞，纵情地欢歌，一直牵着我的颤抖的深情，滑向更深更远的温馨的梦境里去。

可惜，我所供职的这家报社已经决定，就要

离开沙滩这个地方，搬到北京雍和宫附近的一所大楼去了。临别的时候，我绕着沙滩转来转去，转来转去，希望带上所有那些美好的感情一起上路，同时也希望把我的深情，像树一样，永远栽在这个地方，明年春天，让来到这里的每一个人，都能感受到我内心的这份芬芳和鲜艳……

我从海棠雅集归来

绕座春风织锦斓，人间好美看花天。2023年4月10日上午，由文化和旅游部恭王府博物馆、中华诗词学会、南开大学文学院共同主办的第十二届（癸卯）恭王府"海棠雅集"成功举办。马凯、周文彰、郑欣淼和海棠诗社执行社长李文朝等七十余位诗人、艺术家、学者齐聚恭王府萃锦园，赋诗赏乐，共襄盛举。

雅集的序曲，照例是国家级非物质文化遗产项目（古琴艺术）代表性传承人吴钊先生演奏的琴曲《梅花三弄》。琴音古雅，绕梁不绝。恭王府博物馆馆长冯乃恩回顾了海棠雅集的历史，并表示要不断丰富恭王府博物馆活态文化空间构建，展现充满时代精神的中华诗词的勃勃生机。本届雅集的举行，恰逢恭王府海棠诗社名誉社长叶嘉莹先生的百岁华诞，她嘱托南开大学文学院院长李锡龙带来春天里的美好祝福，诗友们也托南开的客人给叶先生带去祝寿诗词，表达真挚的敬意。

本届雅集的入场式，采用了互动结对的别致方式，通过古今海棠诗词的纽带，分享一脉风雅芬芳。比如我入场时抽到一张精致的卡片，上印金末元好问《同儿辈赋未开海棠二首·其一》的前两句"翠叶轻笼豆颗匀，胭脂浓抹蜡痕新"。雅集开始后再次通过抽签方式确定嘉宾上台次序，这时才揭晓中国书法家协会吴震启先生抽到了这首诗的后两句"殷勤留著花梢露，滴下生红可惜春"，于是我就与吴先生一起上台互动，并分别展示自己的作品。我给本届雅集带去的是一首自作诗《咏西府海棠》："葩吐丹霞摒俗香，叶垂绿袖掩红妆。两眸热泪凝晨露，一树欢颜立夕阳。睡去云轻花正懒，醒来风淡蝶偏忙。兴酣只恐压工部，为有佳篇酬海棠！"

　　说来也是一种缘分，我在雅集入场时抽到的元好问那首诗，恰好是我一直非常喜欢的作品。其中"胭脂浓抹蜡痕新"写的是未开海棠的新鲜和雅致，而这也正如恭王府的诗词文化一样代代承传，活色生香，给我们带来许多美好的期待和想象。这里本来就有《嘉乐堂诗集》（和珅著）、《萃锦集》（奕䜣著）、《延禧堂诗钞》（丰绅殷德著）等不少的清代诗词记忆，而到了清末民初，在这里盛行的海棠雅集又留下了陈垣、王国维、鲁迅、沈尹默、陈寅恪等一众名家的文化屐痕。弹指风云，笑看沧桑。等到历史的脚步走到了2011年，著名学者周汝昌先生发出了关于再续海棠雅集的热诚倡导，进而群声呼应，风骚重启，蔚然而成盛事。周先生当时曾经预言："今日起迈出了第一步，这是一个吉祥的开端，能够得到众多学士才人的热情关怀和支持，可以预卜前途光景无限美好。"旨哉斯言也，屈指算来，海棠雅集如今已经圆满进行到第十二届了。笔者参加过第一届雅集作品的编辑工作，更从第二届起，年年来赴一次海棠花约，蓦然回首已是一轮生肖。能够亲身见证一段诗坛佳话，也深切留存一段彩色记忆，真是何其幸也。

雅集者，雅会也。宋代诗人程洵自负地留下过"幸无俗物恼幽人，只可剧谈佳客对……雅集何须画作图，风流自可追前辈"的诗句。雅集并不是像现在流行的电视节目"中国诗词大会"那样以背诵诗文为主，而是有特别的方式和特定的活动。文人雅士们吟咏诗词非常注重互相交流和切磋琢磨，注重心灵的契合，注重根据不同的时令、环境、主题、韵制而创制新作。西晋石崇发起过金谷园雅集，至今"金谷"还是美称文人聚会场所的一个典故。东晋王羲之举办过兰亭雅集，还留下了一篇《兰亭集序》，记录的是永和九年的一场千古盛事。会稽内史王羲之偕同谢安、孙绰等共42人在兰亭修禊祭祀，随后散坐清溪两侧，曲水流觞，饮酒赋诗。其中11人各作两首，15人各作一首，另有16位作不出来，就被罚了酒。王羲之即兴笔走龙蛇，为众人的诗集写了一篇名序，此序后来赢得一个"天下第一行书"的名号，还为王羲之赢得一个"书圣"的桂冠。正所谓"茫茫大造心胸蠹，连峰万籁入诗囊。林荣其郁青叶茁，浪激其隈渌波长"。

自兰亭雅集高树标杆之后，累世文人多以觞咏和畅叙的方式承传着雅集之余馨。初唐才子王勃模仿兰亭修禊，也在云门山举办过一次雅集活动，并留下一篇《三月上巳祓禊序》，感叹："携旨酒，列芳筵，先祓禊于长洲，却申交于促席。

良谈吐玉，长江与斜汉争流；清歌绕梁，白云将红尘并落。他乡易感，增凄怆于兹辰；羁客何情，更欢娱于此日。"宋代诗人文彦博参加过耆年会，也在作品中留下了现场的特写镜头："垂肩素发皆时彦，挥麈清谈尽席珍。染翰不停诗思健，飞觞无算酒行频。兰亭雅集夸修禊，洛社英游贵序宾……"元代诗人昂吉参加玉山雅集后，也写了一首七律，自述："美人踏舞艳于月，学士赋诗清比泉。人物已同禽鸟乐，衣冠并入画图传。兰亭胜事不可见，赖有此会如当年。"明代诗人祝允明参加知山堂雅集后，纵情吟唱："无论车马色，幸共禽鱼悦……醒醉齐一襟，心赏方兹结。"诗人谢榛参加西亭中尉雅集后，则潇洒留题："骚侣夜同酌，酣歌风月斜。古人自风调，今代几名家。"清代诗人厉鹗参加叶物斋雅集之后，赋诗感叹："世出世间超绝，想非想处悠然。何须更乞云山衲，钏动花飞结净缘。"诗人阮元参加小沧浪亭雅集后，则赋诗放言："濠梁宜客性，山水愿人归。乐趣庄逢惠，吟情孟与韦。"清末诗人陈三立与几位"光绪丙戌进士榜同年"一起参加徐园雅集后，在诗中写道："徐园树石特幽邃，胜日往往联朋簪。把茗楼观瞰平野，蒙茸纤草雾秧针。屈指卅年登科记，称盛桃李时评钦。只今世乱半飘泊，犹著数辈耽嗫吟。"

古往今来，风骚连绵，弦歌不断。雅集传统，在历史细节的一觞一咏之间顽强流转着，传递着，芬芳着。陈三立的儿子陈衡恪曾在一幅《趣园雅集图》上题写了一首《好事近》："一架紫藤花，组织满园春色。静里缃帘榧几，对酒人词客。红尘人海小游仙，笑傲前贤宅。几度落英如扫，忆旧情能说。"这篇词写得很美，实际却是一篇非常伤感的文字，读之令人唏嘘不已。遥想当年，陈衡恪的雅集虽是"几度落英如扫"，然而还看今朝，我们的海棠雅集却又是"几度嫣红新绽"。

也正因为有了此时此地的姹紫嫣红和斯人斯文的天章云锦，古典雅集中所承负的那缕永远年轻的老灵魂，也才能真正在今天的现实社会中活起来，火起来，灿烂起来。而越来越兴旺的恭王府海棠雅集，就这样让吾侪在不知不觉间，走进了一脉古老的清芬和甘美，成为了那条悠久长河中间的一朵朵生动浪花。

在梅园旁边吃早茶

　　江苏泰州是梅兰芳先生的故乡。在为纪念梅先生而设立的梅园附近，有一家古月楼，是著名的喝早茶的所在。长江在泰州拐了一个小弯，变成了南北流向。各种物产，得天然地利，汇聚在这富裕的鱼米之乡。美好生活的丰富和香醇，只要尝一尝早茶，就让人永远难忘。

　　早茶的茶，已经早早盛在了透明的椭圆形茶壶里，分别放在圆桌的四个方向，有龙井，有金骏眉，有白茶，还有菊花。圆桌徐徐旋转，四种滋味轮流呈现，芳醇、香馥、清雅、甘爽，号称"复香茶"，又像是轻音乐的悠然前奏。

名谓早茶，这茶虽十分隆重，却不是中心内容。早茶的重头戏不是喝，而是吃。桌上的冷碟有长鱼胶、肴肉、红枣、五香牛肉、水煮花生和姜丝，都装在各式精美的瓷碟或木盒里，整齐排列，满桌丰盛，蔚然大观。特别隆重的是伴随着"复香茶"，每个客人面前都有一小碟茶头，叫烫干丝。其味道类似北京的豆腐丝，是用豆干切成的，非常精细，上面还撒着姜丝、虾米、花生碎和香菜，用香油、麻油、虾油、酱油等搅拌，别有风味。吃一箸烫干丝，品一口"复香茶"，软糯芳滑，甘醇酣畅。

友人接着推荐我品尝精致的早茶包子，有各种稀奇馅料，比如蟹黄、三丁、豆沙、豆腐皮、萝卜丝等，品种实在太丰富，我只选择了其中一种很有江南特色的秧草包。这种秧草是一种可以晾晒和腌制的野菜，做熟后依然保持翠绿的颜色，味道清淡，口感柔嫩，就像一份慵懒的好心情。

　　刚吃完秧草包，店主大姐端上来一份盛在红色托盘里的绿皮蔬菜汤包，拳头般大小，透明的外皮还悠悠颤动着，像萌萌的小动物一样。友人一边示范，一边念念有词："开个窗，透点汤，尝尝味，一扫光。"所谓开窗，就是用牙齿在汤包上咬一个黄豆大小的小口。然后尝尝温度，缩脖伸头，轻轻啜一口汤汁，再吸干汁水，扫光汤皮。略甜略咸，鲜香四溢，妙不可言。

　　纷至沓来的是黄桥烧饼、蒸饺和马兰头烧卖。名闻天下的黄桥烧饼，在这里是微缩版的，核桃大小，酥脆可口。蒸饺的馅料则各藏不同的精妙内容，有虾仁、鸡肉、糯米和鲜菜，呈现不同的美妙风味。马兰头烧卖是用长在水岸上的一种紫菀属的草本植物的嫩叶为主料做成的，据说有清热解毒的功效。这种江南独有的马兰头烧卖就像一个个梳着辫子的小胖娃娃，花式排列在蒸笼上，外形非常漂亮，味道也很独特。我一边称赞，连说吃不下了，一边又忍不住舌尖上的诱惑，不由自主地再次夹起一个，接着又夹起一个……

泰州早茶最后的节目，就是久享盛名的鱼汤面。鱼汤是由鱼肉、鳝骨、猪骨等混合在一起，用小火慢慢熬制而成的。鲜、香、暖、糯，喝起来特别舒服。座间品尝着鱼汤，忽然说起北京的豆汁儿，又想起言慧珠坐着飞机从北京往上海给梅兰芳先生送豆汁儿的故事。豆汁儿的清苦，对比鱼汤的香腴，像极了两个不同的年代。

泰州的早茶别有一番悠闲、恬静、温馨、亲切。那氤氲的人间烟火气，让人切实感受到了生活的静好和祥泰。临别的时候，我特别向店家讨要了一份早茶的食谱，想珍藏起来做个纪念，同时也一丝不苟地珍藏起这段特别的流年映象。

那一蓬飘香的炭火

北京烤鸭是中国菜的招牌菜，也是国宴上的常客。2023年10月，第三届"一带一路"国际合作高峰论坛在北京举办，欢迎晚宴在人民大会堂金色大厅举行，出现在晚宴菜单上的热菜有四道，其中就有北京烤鸭这一老北京的传统美食。

欢迎晚宴之后，许多国际贵宾对皮脆肉嫩的北京烤鸭津津乐道、赞不绝口。蒙古国总统随后在北京的午餐特意安排到全聚德烤鸭店，而巴基斯坦驻华大使被问到最喜欢吃什么北京美食时，也立刻回答"我最喜欢吃北京烤鸭"。地道的北京烤鸭彰显着深厚的饮食文化，也传达着美好的情感和友谊。

北京烤鸭代代传承，工序严格，制法考究，鸭皮酥脆，肉质鲜嫩，造型美观，香气扑鼻，令人百吃不厌。北京俗语说："不到长城非好汉，不吃烤鸭真遗憾。"确实，到了北京如果不吃烤鸭，等于留下了一个大大的遗憾。2008年北京奥运会，2010年上海世博会，2014年亚太经合组织（APEC）第二十二次领导人非正式会议，2018年中非合作论坛北京峰会，2017年第一届、2019年第二届"一带一路"国际合作高峰论坛，2022年的北京冬奥会和冬残奥会等重要活动的宴会，都少不了北京烤鸭的美味相伴——名扬四海的北京烤鸭，本来就是这么牛啊！

如同宋词有豪放派和婉约派一样，烤鸭也有挂炉烤鸭和焖炉烤鸭两种。挂炉烤鸭有阳刚之气，可以说是豪放派。其挂炉有炉孔，没有炉门，因为以果木为燃料，烤出的鸭子皮非常酥脆，并带有一股果木的清香。吃时卷上荷叶饼，蘸上甜面酱，大嚼大咽，大快朵颐。焖炉烤鸭口感更嫩一些，鸭皮的汁也更丰盈饱满些，可以说是婉约派。焖炉不见明火，先点燃秫秸将烤炉的炉墙烧热，然后将处理好的鸭子放入炉内，关闭炉门，全凭炉墙的热度和炽热的柴灰将鸭子焖熟。吃时细嚼慢咽，齿颊留香，别有风味。烤鸭店中，焖炉烤鸭以便宜坊为代表，挂炉烤鸭就当数全聚德了。据称，全聚德挂炉烤鸭的技艺出自宫廷御厨。

吃烤鸭时，必用一张荷叶饼，选一根瓜条或大葱蘸满甜酱（甜面酱讲究用"六必居"出产的），随后夹起一枚蝶翼般的鸭片，伴着瓜条、葱段、心里美萝卜条等，将酥、脆、爽、嫩集于一卷开咬，满口噙香。空心烧饼加鸭肉也是一种吃法。这种空心烧饼是发面饼，表面有芝麻，中间有面心，上烧饼时会切开一侧，中间的面心可以掏出来，刚好有一个空位子，来放鸭肉、甜面酱和葱丝。另有吃法就是鸭片直接蘸白糖，据说是过去大宅门中的太太小姐发明的。鸭胸脯的皮这样吃最好。通常一只鸭子胸部的皮只能片十片左右，这些皮烤得上好的入口即化，没有任何渣子，其中又以从上往下第二对皮最为出色。

烤鸭烤制完成后，要在鸭脯凹塌前及时片下皮肉装盘供食。此时的鸭肉吃在嘴里，酥香味美。片鸭的方法也有讲究，一是趁热先片下鸭皮吃，然后再片鸭肉吃。二是片片有皮带肉，薄而不碎。一只四斤重的鸭子，要片出一百余片丁香叶大小的鸭肉片，没有点功夫还真不行。

北京烤鸭的独特美味，一半在烤制，另一半在吃法，而丰富的吃法是清末以后在贵族阶层逐渐形成的。一年当中，春、秋、冬都是适合吃烤鸭的季节，只有夏季，因天气比较炎热，空气湿度大，鸭胚不易风干，而此时的北京鸭也肉少膘薄，质量较差，烤制出来的鸭皮易发艮（不酥脆）。

空气中飘散着烤鸭诱人的香味，看年轻的厨师将金黄的烤鸭推到你面前，精致准确地片着鸭肉，面前的葱丝、蒜泥、白糖、甜面酱、黄瓜条、荷叶饼，则那么讲究地等候着，心底立刻充满了香甜软糯的幸福感。

吃完烤鸭，可以要一碗奶白色的鸭汤，极为鲜美。也有的地方配以大麦米和红小豆熬粥，实在是好喝。如果喝不惯鸭汤，还可以把鸭架打包带走，回家后炒制或炸制食用，继续品尝这幸福生活的滋味。

本来鸭肉香肥但无味，面饼柔糯而平淡，大葱辛辣，面酱咸腻，鸭架肉如木渣，仅可取汤，然而所有这些混合在一起，最后组合出的都是鲜明的个性，滋味也是丰厚隽永、回味无穷。

全聚德和便宜坊是两家名字号烤鸭店。全聚

德创建于清同治三年（1864），传承宫廷挂炉烤鸭技艺160余年，是著名的中华老字号。全聚德在国内已有百余家门店，在日本、加拿大、澳大利亚、法国等国家也拥有多家特许门店。我印象最深的是北京这三家店——前门的老店，门脸面向繁华的前门大街，现在已被列为北京市文物保护单位；在和平门建的新楼称全聚德新店；还有在王府井大街帅府园的全聚德王府井店。

便宜坊也是北京著名的中华老字号饭庄，其总店位于崇文门外，目前已有10多家分店。便宜坊的字号蕴含了"方便宜人，物超所值"的经营理念，据说创业于明永乐十四年（1416），至今已有600多年的历史。其以焖炉烤鸭技艺独树一帜，只是如今烧秫秸的焖炉改成了电焖炉。便宜坊创新烤鸭"花香酥"和"蔬香酥"，别有一番风味。如果只尝了全聚德，而未涉足便宜坊，充其量也只能说是半个烤鸭美食家罢了。

近年来，北京还有京味斋、大董、大鸭梨、长安壹号、利群、鸭王等众多不同的烤鸭店可供挑选。我在北京很多家烤鸭店吃过，众家店铺里的主打美食除了北京烤鸭外，还有鸭全席、炒全鸭等各种花活。而以我个人的餐饮经验而言，只烤鸭一道、鸭汤一碗，已足够解馋了。

那一蓬飘香的炭火，历经几百年的沧桑，如今依然是越燃越旺！

让豆汁儿"考验"一下

让豆汁儿"考验"一下，是不是"老北京"，就立马儿分了出来。倘若不是地道的老北京人，甭说喝，单是闻闻那冲鼻子的馊臭味儿，都会紧皱眉头。豆汁儿的奇妙，在于它的馊臭之中的又酸又甜的独特味道和黏稠滑润的独特口感。就像那种老式的交情，很不容易开头，可一旦开了头，就是一辈子的缘分，再也忘不了。

说起这茬儿，老人家们自然津津乐道。年轻一点儿的，念想就淡了。孩子们呢？也许真的就不知道是啥玩意儿了。喝？他们脑子里的印象是奶茶、咖啡、可乐、红牛、鸡尾酒，谁还理豆汁儿这种过了时的话题呢？

一、豆汁儿之名人吃

写《城南旧事》的台湾作家林海音，几十年后回到北京，向接待她的邓友梅提出一个要求：找地方喝碗豆汁儿。她念豆汁儿，一定要加一个儿化音，像唤自己孩子的小名，透着那份亲近。

我曾问唱京戏的袁世海先生："您最爱吃什么？"老头儿拿扇子往桌子上一拍，呵呵一乐说："嗨，就爱喝碗豆汁儿。"

京剧四大名旦及其夫人们也极好此物，但不好来摊上畅饮，便常派人买回家中喝。日伪时，金少山住西琉璃厂，也这么办。梅兰芳蓄须明志隐居上海的时候，弟子言慧珠去沪演出，以四斤大玻璃瓶灌满豆汁儿坐飞机带走以飨师尊。梅夫人对送豆汁儿的人，一定会用国际饭店的大餐来回谢。前些年，程砚秋夫人果素瑛病危时不思饮食，有位老先生携豆汁儿和焦圈前往探视，老太太居然又饮又吃，精神大好。

二、豆汁儿之前世今生

这东西是乾隆年间才有的，历史并不长。乾隆十八年（1753）十月发交内务府的一道谕帖，其内容是："近日京师新兴豆汁一物……"可惜是谁发明的，现在已没法考证了。

用绿豆做粉丝剩下的渣滓经过沉淀以后，稀的就是豆汁儿，但这是生豆汁儿，一般不直接入口。要把生豆汁儿放入锅里熬煮，煮沸以后就可以食用了。熬豆汁儿也极有说道，并不是把豆汁儿煮开了就行，这样熬出来的豆汁儿往往上面有水分，下面是豆汁儿，喝起来汤汤水水的，没有豆汁儿的黏稠利口感觉。讲究的做法，应该是先在锅里放上一勺豆汁儿，煮开以后，再舀一勺放进去，如此反复进行，直到添满锅为止，而且豆汁儿放在锅里要一直沸煮，这样喝起来它的黏稠度、口感才会正好。

三、豆汁儿之小贩篇

旧时小贩，每天下午三四点钟，挑着担子走街串巷，口中吆喝："豆汁儿来！开——锅——"声音敞亮而拉长尾音，以引动买主。豆汁儿所以备受欢迎，不只因它别有异味，还在于经营方法。小贩卖豆汁儿传统的规矩是，只要喝他卖的豆汁儿，便奉送咸菜。自制的咸菜不过是萝卜丝、芥菜疙瘩丝，配上芹菜、碎辣椒等腌成的，毫不足奇，但它的辣味极重，与酸豆汁儿很合宜。买一个烧饼，花一个铜板喝一碗豆汁儿，佐以辣咸菜，亦是其乐无穷。

四、豆汁儿亲戚之麻豆腐篇

出了豆汁儿剩下的渣子叫麻豆腐，也是一种

北京小吃。加猪油辣椒炒吃，据说也是美味。不过这美味仍是又酸又臭，外地没有，外地人更享受不了。

爱吃这口儿的也不少。说相声的常宝华从北京去天津看他的老师马三立，送什么礼物马三立都会给他退回去。不过，他要捎点麻豆腐给马老爷子，马老爷子每次都非常高兴，因为他就好这口儿。

五、豆汁儿伴侣之春饼篇

喝豆汁儿，讲究热饮。凉着喝，入嘴便会有泔水味；如果趁热喝，味道就不一样。还有就是要配豆汁儿伴侣：脆焦圈儿和辣咸菜儿。

另外，豆汁儿还有一个伴侣，叫春饼。立春要吃春饼，吃春饼也必用豆汁儿，因豆汁儿有助消化、去油腻的作用。春饼俗称薄饼，据说最薄的饼，每斤可分成六十四张。除立春日外，北京人平时也吃，不过繁简不同而已。吃春饼除配豆汁儿，还少不了早韭、葱段和芥菜疙瘩丝儿。配春饼吃的菜，有炒菠菜、炒韭菜、粉丝、绿豆芽和炒鸡蛋，还可以根据条件适当增减笋丝、酱肉丝。

　　说起春饼的滋味，是很令人怀念的。菜虽丰富，但全是日常家用，绝无鱼虾厚味。薄饼的得味在于炒鸡蛋，别样菜可缺一二样，炒蛋绝不可少。卷薄饼有技巧，每样菜都要放一点，卷出来的饼要求直挺整齐，吃到最后也不会松散或滴出汁水。

我也进"淄"赶个"烤"

　　淄博是齐国故都，至今已经有3000多年历史。在当地参观博物馆，我见到一件战国青铜兽形柄豆，豆柄是一个20多厘米高的怪兽，豆座是几条缠绕在一起的云雷纹饰的神蛇。最引人注目的是怪兽双手托举的椭圆形豆盘，猛一看就像现代的瓷碟一样，其上缘围绕着一厘米高的翻沿，呈莲花瓣状次第排列开来，造型非常精美。穿越饰染着铜绿色的温暖时光，这兽形柄豆依然散发着历久弥新的神秘魅力。

　　讲解员嫣然一笑，问我："猜猜这个兽形柄豆是做什么用的？"接着，她就自问自答，告诉一脸惊愕的我："这是用来盛烧烤酱料的啊。"

如此说来，骤负盛名的淄博烧烤，至少从遥远的战国时代就有了实例物证啊。但是淄博烧烤真正红"出圈"，还是得从2023年以来四海游客纷纷"进淄赶烤"说起。

2023年6月17日，因为诗词的特殊机缘，我得以访问淄博。细心而热情的淄博朋友请我们品尝著名的烧烤。香喷喷、美滋滋的淄博烧烤，让我默诵起"载燔载烈"和"燔炙芬芬"的古老诗句，也切实理解了"脍炙人口"这个成语的美好含义。

作为"王炸"级别的美食名片，烧烤在淄博是颇具仪式感的。一条长桌、几把竹凳，布置得有条不紊，井然有序。事先，长桌上已经摆放好了小烤炉、蘸料盘和蔬饼盘。

小烤炉是长方形的，炭火正旺。炭火上边的隔栏则分为两层，第一层用来炭烤，第二层用来保温；蘸料盘盛放着金黄色的味料，主体是混合了香油、芝麻、辣椒、蒜蓉等不同佐料的大豆酱，鲜咸爽口，风味清奇；蔬饼盘中则细心码好了葱丝、毛豆、瓜条、香菜和小饼。著名的淄博小饼以面粉烙制而成，绵软香糯，类似北京烤鸭的卷饼，不同之处是制作工艺，北京鸭饼是蒸制的，淄博的小饼则是锅烙而成的。

当然，撸串才是烧烤过程中的"扛把子"。羊肉串、牛肉串、鱼串、小龙虾串、金蝉串……烤到七成熟的各种串料送上来，让客人自己掌握火候进行翻烤，既让大家享受到动手的沉浸式乐趣，又能照顾到人们不同的饮食习惯和口味。撸好的串可以直接入口，也可以把折成十字花状的小饼轻轻蘸上酱料，然后在手上铺展开来，加上葱丝、瓜条、香菜和串肉，卷起来大口大咽。肉串嗞嗞冒油，小饼酥细绵软，瓜条脆爽清鲜，葱丝脆滑微辣……各种滋味的物料和泛着水晶光泽的酱料混合在一起，这才算是真正品尝到淄博烧烤的灵魂魅力。

　　焦香扑鼻，鲜味满口，惬意十足，"埋头苦吃"，这种感觉真是太"嗨"了……周到的主人考虑到我和同行友人都是中老年了，所以并没有安排我们和年轻人一起到夜排档去"赶烤"，而是邀请我们在一块圈起来的草地上，参加单设的烧烤体验活动。我如愿享受了舌尖上的美食，但总觉还有一点意犹未尽的遗憾。心心念念之间，似乎还有一个问号在眼前浮动：名满天下的淄博烧烤，现场气氛如何？

　　热情的主人于是就安排我们去现场感受烧烤的市井风情。首选就是淄博最大的万人烧烤体验地——"海月龙宫"。刚走下中巴车，还隔着老远呢，就听到了沸腾的歌声、笑声和欢呼声。等到一进"宫"门，沸腾的热情和38摄氏度的热浪，就像奔腾的浪涛一样整体性地倾泻过来，瞬间就把走进来的每一个人都吞没到欢乐的浪花里去了。

从"海月龙宫"的入门处一拐弯儿，就是一个灯火通明的大舞台，歌手正在台上飙歌，演唱的是小虎队的《青苹果乐园》。这本来是一首抒情的老歌，而在沸腾的尖叫声和合唱声的簇拥下，却硬生生吼出了摇滚的精神头儿。奔放的旋律、豪放的节奏、红红火火的气象，带动着无数双树苗一样密集高举的手臂，随着欢乐的风暴一起摇摆和舞蹈，仿佛把全世界的激情都唤醒了。

载歌载舞的广场周围，则是一张张长桌、一个个烤炉、一道道网红小吃、一摊摊食客和一家家鳞次栉比的烧烤店。据电脑的热成像统计，这里的即时人数有2.1万余人。这充满人间烟火气的火爆氛围，才是有声有色、有滋有味的诗和远方啊。蓬勃的青春，亲切的味道，淳朴的风情，多彩的性格，共同构成红火的烧烤密码。说一千，道一万，老百姓的喜欢，才是饮食文化发展的硬道理啊。渐入佳境的夜生活，要的就是这个劲儿啊。

"海月龙宫"的中心区域，还有一个巨大的梦幻观景台。在红酒一样的夜色笼罩下，灯火璀璨的观景台，就宛如一个正在闪闪发光的大章鱼。顺着这发光"章鱼"伸到四面八方的腿状阶梯，一层层登上去，瞭望四周，看那点点灯火，听那阵阵人声，仿佛置身于一个快乐星球的中心。呼吸着醇香的烤肉味道，心里蓦然平添许多细腻与温柔的生活感慨。

这烧烤"圣地"是怎样炼成的？除了极致的美味，超燃的氛围，便利的交通，极高的性价比，更包括自带"热搜"的经营理念、体贴周到的服务和顺应民心的良好环境。占地6万多平方米的这样一个万人烤位的烧烤"体验地"，据说仅用20余天就改建而成。如此"淄博速度"，若非有关方面的大力支持和倾情扶持，确实是难以想象的。"海月龙宫"的副总指挥接受了我们的采访，并详细介绍了"宫"里的基本情况和管理措施。这里的每家烧烤店规模都限制在45张桌子之内，要求必须把客户服务好。各家的菜单都必须是一样的，一般人均消费60元到70元。为了安全，每天到了晚上10点，"龙宫"就不再出售东西了，但是不撵客人，客人什么时候离开，营业什么时候结束。我问："这么多人的场所，消防问题怎样解决？"副总指挥介绍，每个店家都配备了消防器材，全场公安、消防、保安、保洁、电工等方面的配套保障和人员的规模也很庞大。

相较于红牙拍板般的斯斯文文的细嚼慢咽，这铜琶铁板风格的淄博烧烤则更值得纵情享受。试想，两万多人一起撸串、一起狂欢，是怎样壮观的场面？老百姓的喜欢与否，是用脚来真实投票的。眼前热度不减的滚滚人流，就是肉眼可见的答案。

　　以我的年龄而言，让我和年轻人一起到这烤场"赶烤"，确实有点吃不消。我在"海月龙宫"的体验是"看"烧烤，而不是"吃"烧烤。依依惜别之际，我想到"不虚此行"这四个字，随后又想到"政通人和"这四个字。

　　从这火"出圈"的"赶烤"热潮中，我确实真切感受到了这个城市的幸福感。